1미터는 없어

1미터는 없어

제28회
문학동네소설상
수상작

양지예
장편소설

문학동네

1미터는 없어   009

카인이 많은 나라들을 여행한 후에 아내와 함께 놋Nod이란 이름의 도시를 건설하고 그곳에 정착하여 자녀들을 낳았다. 그러나 카인은 하나님께 형벌을 받고 자기 행위를 고치려고 하기보다는 더욱 사악해져갔다. (……) 그는 인간들의 단순한 삶의 방식에 변화를 가져왔고 도량형을 창시했다. 이런 것을 몰랐을 때는 순진하게 인정 많게 살았는데 카인이 세상을 온통 교활하게 만들었다.*

* 요세푸스의 『요세푸스 1: 유대 고대사』(김지찬 옮김, 생명의말씀사, 2006)에서 변형해 인용했다.

1미터는 없어

나의 왼발은 눈사태를 일으킨 적이 있다.

맑은 날이면 푸른 하늘과 설산의 대비가 눈부시다. 시선을 돌리는 방향마다 사물의 윤곽이 먹으로 그린 듯 선명히 떠오른다. 눈. 바위. 하늘. 태양. 발아래 그림자. 바람까지 없는 날엔 그림 속에 들어온 것만 같다. 낯선 명암을 드리운 풍경과 차가운 공기, 그리고 가파른 정상. 어리둥절할 정도로 삶이 한없이 단순해진다. 저기에 오른 다음, 집으로 돌아간다.

그날 아침의 에베레스트도 마찬가지였다. 우리는 새벽부터 정상을 공격하던 중이었다. 마지막 캠프를 떠난 등반팀은 우리뿐이었다. 좀처럼 누릴 수 없는 행운이었다. 시즌이 아직 시작되지 않은 덕도 있었다. 등반팀이 몰리는 시즌의 등반은 모험이라기보다 언제 끝날지 모르는 기다림에 가깝다.

날씨도 우리를 도왔다. 태양이 산꼭대기보다 높이 떠 있을 때는 고지까지 100미터도 남지 않은 상황이었다. 물론 정상이 가깝다고 해서 특별히 다를 것은 없다. 그저 디딜 자리를 찾아 걷고 걸으며 때로 미끄러질 뿐. 그때도 평소처럼 한 걸음 내디뎠을 뿐이었다.

산 위에서의 모든 일에는 예고가 없다. 그 순간도 마찬가지였다. 발자국이 찍히자마자 한 겹의 장막이 생기듯 눈이 쏟아져내렸다. 발밑으로 진한 테두리 같은 그림자가 생겼다가 순식간에 눈구름 속으로 번져들어가더니 점점 커지며 회색빛으로 물든 눈뭉치가 되었다. 우리는 모두 걸음을 멈추고 가만히 사태를 지켜보았다. 아래쪽 캠프에는 여전히 다른 팀들이 잠들어 있을 터였다. 눈사태를 일으킨 나 역시, 그저 바라보았다.

모든 산사태가 사고로 이어지지는 않는다. 우리는 예년보다 더 벌어진 크레바스를 막 건너온 참이었다. 동료들과 나는 빙하가 지금처럼 녹는다면 내년에는 더 크고 긴 사다리가 필요해지리라고 이야기했었다. 눈더미는 캠프에 미치기 전 크레바스로 밀려들어

갔다. 우리는 카메라 필터를 씌운 듯 부예지는 색색의 텐트를 잠시 지켜보다가 다시 걸음을 재촉했다. 하지만 인명 피해가 발생했다고 하더라도 산사태 앞에서 내가, 아니 인간이 무엇을 할 수 있었을까?

그날을 또렷이 기억하는 것은 그것이 나의 마지막 등반이었기 때문이다. 임무를 완수하고 하산하던 도중 나는 발을 헛디뎌 추락했다. 유령에 관한 긴 꿈을 꾸다가 카트만두의 병원에서 눈을 떴을 때, 왼쪽 무릎 아래는 깨끗이 절단된 상태였다. 산의 평온함을 깨뜨린 것에 대한 징벌 같았다. 꽤 오랫동안 나는 이 바보 같은 생각에서 벗어나지 못했다.

어차피 산의 뜻을 인간이 알 수는 없음을 이제는 이해한다. 그러므로 산의 뜻을 받아들이는 그 순간 나의 마음이 산의 뜻보다 더 중요하다는 것도. 당시에는 몰랐던 그녀의 삶을 이제는 이해하게 되었기 때문이다.

앞으로의 이야기에서 나는 주인공이 아니다. 산에 관한 이야기를 하려는 것도 아니다. 나는 어떤 천재의 인생에 운좋게 잠깐 끼어들게 된 재주 없는 이야기꾼에 지나지 않는다. 지금부터 내가 하려는 이야기는 측량의 천재이자 막대한 재산을 소유했던 그녀

에 대한 것이다. 부디 이것으로 십 년 전 그녀에게 전하지 못했던
보고를 대신할 수 있기만을 바란다.

생각보다 잘 알려지지 않은 장면에서 시작해보려 한다. 그녀를 소개하는 데 이만한 이야기가 없기 때문이다. 그녀가 인생에서 처음으로 맞닥뜨린 위기에 관한 것이다.

국민학교 2학년 산수 시간, 그녀는 자를 이용해 5센티미터 길이의 선분을 그어야 했다. 국민학교에 입학해 초등학교를 졸업한 그녀와 비슷한 또래라면 산수 익힘책을 기억하리라. 당시 그녀가 사용한 교과서가 아직 남아 있다. 책장을 넘기면 다음 문장이 나온다.

자를 이용하여 아래 선분의 길이를 재어보세요.

3cm, 7cm…… 우리는 길이가 다른 선분 밑에 꾹꾹 눌러 쓴 그

녀의 글씨에서 자신감마저 읽어낼 수 있다. 그런데 단 한 페이지, 고작 종이 한 장을 넘기면 교과서의 주인이 바뀐 듯한 인상을 받게 된다.

5센티미터 길이의 선분을 그어보세요.

친절한 말투의 문제 아래 '약' 5센티미터 길이의 선분들이 어지러이 그어져 있다. 차분히 세어보면 전부 스무 개다. 지우개로 지운 흔적은 더 많다. 금요숲과 함께 여러 차례 세어본 결과, 지운 흔적까지 합하면 선분은 모두 예순아홉 개임을 확인할 수 있었다. 그리고 얼마 전 나는 종이 뒷면에 빛을 비추었다가 더 많은 흔적을 발견하게 되었다. 내친김에 현미경을 갖다대자 흑연이 스친 일흔일곱 개의 점을 찾을 수 있었다.

이것은 고뇌의 흔적이다. 우리는 당시 그녀가 초등학교, 아니 국민학교 2학년이었다는 사실을 유념해야 한다. 수업중 선생님이 한마디하면 질문이 있는 듯 손을 번쩍 들고는 그것과 전혀 상관없는 자신의 이야기를 늘어놓곤 하는 나이이다. 그런 나이에 그녀는 5센티미터 길이의 선분을 긋는 일에 온전히 집중한 나머지 위기에 빠졌다. 그런데 그녀는 왜 그렇게 많은 선분을 그어야 했을까?

이해를 돕기 위해 그녀가 사용했던 자를 살펴보도록 하자. 다행스럽게도 이것 역시 실물이 남아 있다. 홍보를 조금 하자면, 산수 익힘책도 자도 우리 박물관이 보관중이다.

평균 성인 여성 기준 한 뼘이 되지 않는 15센티미터짜리 반투명 플라스틱 자. 중앙에서 살짝 왼편에 HAPPY DAY라는 문구가 새겨져 있고 오른쪽에는 강아지 캐릭터가 그려져 있다. 아래쪽 양끝 모서리가 둥글게 다듬어져 있는 일반적인 모양의 직사각 자다. 0부터 15까지의 숫자와 눈금이 삼십 년 넘는 세월에 여기저기 흐릿해져 있다.

설명이 무색할 만큼 평범한 물건이다. 학생들이 문구점에서 쉽게 구할 수 있는, 인류가 센티미터라는 길이 단위를 확립하고 문구용품의 공장 생산 시스템을 완성한 이후 전 세계에서 셀 수 없이 만들어졌으며 또 앞으로도 만들어질 자와 다를 바 없다.

그녀는 자신이 가졌던 최초의 측정 도구인 이 자를 언제 어디서 손에 넣었는지 기억하지 못했다. 아무리 그녀가 기록광이라고 해도 모든 것을 기록할 수는 없는 노릇이다. 언제부터인가 집안에 굴러다니던 것이었는지도, 아니면 바쁜 등교 시간에 그녀나 그녀의 어머니 혹은 학교 앞 문구점 아주머니의 선택으로 그녀의 필통 속에 자리잡게 된 것인지도 모른다.

선분 긋기에서 그녀가 마주한 첫번째 애로 사항은 이 평범한 자의 0이라는 숫자에서 비롯되었다. 정확히는 0 바로 위에 그어진, 자의 시작 눈금이 문제였다.

우리는 상상력을 발휘해야 한다. 자의 눈금을 떠올려보자. 매우 가느다랗지만, 분명한 두께를 가지고 있다. 두께가 없다면 어떻게 우리 눈에 보이겠는가. 그럼 선분은 어디에서 긋기 시작해야 할까. 눈금 왼쪽에 바싹 붙어 시작해야 할까, 오른쪽에 바싹 붙어 시작해야 할까. 이도 저도 아니라면 눈금 폭의 중앙 지점에서 시작해야 옳을까. 같은 문제가 선분을 끝내는 지점에서도 발생한다. 시작점을 어떻게 찾아야 하는지 모르는데 끝점을 어떻게 찾아낸다는 말인가.

눈금의 두께 따위 무시한다면 간단히 해결할 수 있는 문제다. 그러나 그녀에게는 그렇지 않았다. 한번 인식하자 도무지 그냥 지나칠 수 없게 되었다. 그녀는 손톱을 물어뜯으며 들여다보고 또 들여다보았다. 그럴수록 눈금은 점점 두꺼워지는 것 같더니 자의 너비를 넘어 책상보다 두꺼워졌고 마침내 운동장까지 펼쳐졌다. 언젠가 내게 말하길, 그녀는 그때 눈앞에서 눈금이 점점 두꺼워지는 상황이 환상인지 실제인지 구분할 수 없었다고 했다. 당시를 회상한 그녀의 일기를 보면 그녀가 느꼈던 공포를 읽어낼 수 있다. 어린 소녀에게는 견디기 어려운 두려움이었을 텐데도 그에 맞서서 그녀가 만족스러운, 아니 '정확한' 5센티미터를 긋기 위해 그토록 수많은 시도를 했다는 사실은 놀랍다. 다시 상기하자면, 그녀는 그때 국민학교 2학년이었다.

두번째 애로 사항. 눈금 사이에 있는 광활한 공간은 무엇일까.

그 광활한 공간 안에 5센티미터 선분이 빨려들어갈 것만 같았다. 학교에서는 아직 가르쳐주지 않았지만 그녀는 예습을 통해 밀리미터라는 단위를 이미 알고 있었다. 만일 측정해야 하는 선분의 길이가 5밀리미터와 6밀리미터 사이라면, 정답은 무엇인가. 그녀는 1센티미터를 열 개의 눈금으로 나눌 수 있는 것처럼 1밀리미터 역시 열 개로, 어쩌면 백 개로도 나눌 수 있을 만큼 광활한 길이라는 사실을 깨달았다. 아직 분수와 소수를 알지 못하던 때였다. 당연히 나노미터라는 단위나 무한이라는 개념도 몰랐다.

애로 사항 세번째. 뭉툭한 연필심도 말썽이었다. 어찌어찌해서 시작점과 끝점을 알아냈다고 하자. 과연 원하는 바로 그 자리에 점을 찍을 수 있을까. 그녀의 담임은 샤프심은 잘 부러지기 때문에 글씨 연습에 좋지 않다며 샤프펜슬을 사용하지 못하게 했다. 하지만 나는 그녀가 샤프펜슬을 썼더라도 같은 고민에 빠졌으리라고 확신한다. 이건 도구의 문제라기보다는 천재의 씨앗이 발아하는 과정에서 일어난 일이기 때문이다. 무언가를 정확하게 재기위해 수행하는 측정에 오류의 가능성이 반드시 존재한다. 어린이답지 않은 이런 통찰은 사실 그녀가 어린이였기 때문에 그토록 폭발할 수 있었다.

그녀는 일단 선분을 그을 수 있는 모든 경우의 수대로 시작점과 끝점을 연결해보기로 했다. 마음을 정한 뒤 연필깎이로 연필부터

깎았다. 그리고 아마도 심호흡을 한 번 했으리라.

그러나 시작도 하기 전에 그녀는 아홉 살 인생 최대의 절망에 빠지고 말았다. 마지막 애로 사항. 눈금의 왼편에서 볼 때와 오른편에서 볼 때 시작점의 위치가 달라 보이는 것을 발견했다.

먼저 그녀는 시선을 숫자 0 바로 위에 둔 다음, 원하는 위치에 최대한 가깝게 연필로 시작점을 찍었다. 그러나 아무리 신중히 찍어도 시선을 왼쪽으로 옮기면 시작점은 눈금의 왼쪽으로 움직인 것처럼 보였다. 마찬가지로 시선을 오른편으로 가져가면 시작점은 0에서 1밀리미터를 향하여 오른쪽으로 이동해 있었다. 고개를 살짝이라도 움직일 때마다, 그녀를 둘러싼 세상이 변했다. 그녀는 혹시 자신이 자를 움직이고 있을까봐 손에 쥐가 날 만큼 자를 꼭 쥐었지만 그런 노력이 무색하게도 시선에 따라 시작점의 위치는 계속 바뀌었다.

자가 움직이는 것인가, 아니면 종이에 찍은 시작점이 움직이는 것인가. 혹시 둘 다 움직이는 것인가.

삼 년 후 빛의 굴절에 대해 배우면서 그녀는 비로소 자신이 겪은 거짓말 같은 현상이 무엇인지 알게 된다. 초등학교 내내 그녀가 사용했던 자의 두께는 2밀리미터가 넘었다. 빛이 굴절하며 장난을 치기에 충분한 두께다. 그러나 아직 국민학교 2학년인 그녀에게는 눈앞의 광경이 두렵고 무섭기만 했다. 생활기록부에 따르면 '의젓하고 예의발랐던' 그녀는 그날 처음으로 학교에서 울음을 터뜨렸다.

그녀가 느낀 이런 공포는 드물지 몰라도 비정상적인 것이라고 할 수 없다. 천재성에서 유발되는 감정의 고양 상태는 정도는 다를지언정 과거의 위대한 인물들 역시 경험한 것이었다. 그녀가 남긴 일기를 읽다보면, 최초로 해저의 깊이를 측량하려 했던 고대 그리스의 철학자 포세이도니오스라든지 화씨온도 체계를 고안한 독일의 물리학자 파렌하이트, 물의 끓는점을 확정하기 위해 수없이 실험을 거듭했던 드뤽이나 르뇨 같은 학자를 만나게 된다. 또 지구가 완전한 구형이 아니라는 사실을 깨달은 무통, 자오선을 측정하기 위해 원정대를 꾸렸던 피카르, 실험의 정확성을 위해 세상 모든 것의 측정에 매달렸던 퍼스와 정밀한 회절격자의 제작으로 유명했던 러더퍼드. 정밀한 측정을 위해 측정의 조작적 정의를 제안한 브리지먼 등 헤아릴 수 없이 많은 인물들이 그녀와 같은 마음 상태를 오갔다. 하지만 어렸던 그녀는 아직 이런 위대한 이름들을 알지 못했기에 불확실함이라는 파도에 버려지는 해안가의 절벽처럼 외로웠다.

그날은 오랜만에 금요숲이 박물관에 놀러와 있었다. 우리 둘은 관장실에서 함께 차를 마시며 그전 주 금요숲이 참여한 시위에 관해 이야기하던 중이었다. 금요숲은 여러 나라를 거치며 성장했는데, 가장 오랜 시간을 보낸 곳은 방글라데시였다. 방글라데시는 토네이도와 홍수, 기후변화에 의한 해수면 상승으로 매년 국토의 많은 면적이 쓸려나가고 있다. 외교학 박사과정생에 통역가로도 일하는 금요숲은 방글라데시를 비롯해 여러 국가들이 겪고 있는 위기를 한국 사람들에게 알리거나 관계 부처에 지원책 마련을 요구하는 등의 활동을 하고 있었다.

나는 기후변화 같은 문제에 무심한 편이었지만 에베레스트 등정중 니마 셰르파가 한 말은 기억하고 있었다.

"요즘에는 에베레스트에 눈이 안 쌓여. 쌓이는 양보다 녹아서
사라지는 눈이 더 많아."

미세하지만 히말라야산맥 자체는 조금씩 높아지고 있다. 지구
는 마치 축구공과 같이 여러 조각의 지각판이 서로 맞물린 상태로
둥근 모양을 유지하고 있다. 사용할 때마다 축구공이 서서히 틀어
지듯 지각판 역시 끊임없이 서로 멀어지고 가까워지며 지구의 모
양을 변하게 만든다. 히말라야산맥을 만든 지각판은 유라시아판
과 인도-오스트레일리아판이다. 이 둘이 으르렁대며 서로를 밀어
낼 때 땅이 우그러지면서 히말라야가 되었고, 그 주름 중 가장 높
은 것이 에베레스트다.

에베레스트의 높이와 관련해서는 몇 가지 논란이 있다. 그중 하
나는 꼭대기에 쌓인 눈도 산의 높이에 포함시켜야 하느냐는 것이
다. 처음 이 논란을 알았을 때 나는 과학자들이란 이상한 문제를
가지고 싸우는 사람들이라고 생각했다. 당연히 눈을 제외한 높이
가 온전한 에베레스트의 높이 아니겠는가. 아직 만년설로 덮인 고
산 등반 경험이 없던 때였다. 하지만 어린 시절에 배워 익숙했던
8,848미터라는 에베레스트의 해발고도가 눈을 포함한 높이였다
는 사실을 알고는 생각을 다소 바꾸게 되었다. 한두 해 후에 후지
산을 등반한 다음에는 완전히 생각이 바뀌었다. 산의 높이란 다름

아닌 내가 올라야 하는 높이인 것이다. 적어도 산악인에게는 그렇다.

니마 셰르파의 말은 핵심을 찌르고 있었다. 제아무리 히말라야가 솟아오르고 있다 한들, 눈이 녹는 속도를 따라갈 수는 없다. 만약 내가 다시 등반하게 되는 날이 온다 해도 온난화로 파릇파릇 새싹이 돋고 꽃이 핀 에베레스트에 오르고 싶은 마음이 들지는 의문이다.

기후변화에 관해 내가 할 수 있는 이야기는 이것 하나였지만 금요숲은 내 말을 흥미롭게 들었다. 금요숲과 나는 박물관 착공 기념식 때 처음 만났고 그다음에는 박물관 개관 기념식 때 만났다. 그 두 번의 만남 만에 우리는 제법 친해졌다. 여러 나라에서 생활하며 통역가로 지낸 경험 덕분인지 금요숲은 붙임성이 좋았다. 친구를 사귈 때도 국적이나 성별, 나이를 따지는 법이 없었다. 그뒤로 금요숲은 박물관에서 그녀에 대한 특집전이나 행사를 진행할 때면 이런저런 도움을 줬다. 금요숲은 그녀가 일기에 '친구'라고 기록한 유일한 사람이기 때문이었다.

그녀와 금요숲은 매우 다르다. 그녀와 대화를 하기 위해서는 약간의 요령이 필요하다. 요령이라기보다는 적응이라고 표현하는 쪽이 맞을지도 모르겠다. 말을 할 때도 들을 때도 그녀는 이곳에 있는 사람 같지 않다. 좋게 말하자면 꿈을 꾸는 것 같고, 나쁘게 말하자면 대화에 전혀 집중하지 못하는 듯 보인다. 웃음을 터뜨리는 포인트도 독특해서 분위기를 이상하게 만들기도 한다.

반면 금요숲은 활기차고 선명하다. 그녀의 일기에 따르면, 금요숲은 초면에 엑소 멤버 중 누구를 제일 좋아하냐고 물어서 그녀를 당황하게 했다(엑소가 누군지 모른다는 그녀에게 금요숲은 세훈, 이라고 외쳐서 그녀를 더더욱 당황시켰다). 물론 처음 만나자마자 측량 어쩌고 하는 이야기를 늘어놓는 그녀를 보고 금요숲이 어떤 생각을 했는지 굳이 확인할 필요는 없으리라. 커다란 눈으로 언제나 생글생글 웃는 금요숲의 얼굴을 마주하고 있다보면 금요숲에겐 어떤 걱정도 아픔도 없지 않을까 하는 생각마저 든다.

하지만 그런 금요숲은 난민이었다. 망명 과정에서 부모를 잃은 후 극적으로 입양되면서 비로소 안정적인 삶을 꾸릴 수 있었지만, 그것도 잠시였다. 금요숲은 또다시 난민의 자격으로 이 나라에 와 있다.

금요숲은 유명인이다. 길을 걷다보면 금요숲을 알아보는 사람도 상당하다. 처음에는 한국에 사는 외국인을 대상으로 하는 유튜브 채널에 출연해 얼굴을 알렸다가 나중에는 공중파 프로그램에도 얼굴을 비추게 되었다. 한국 사회에서 금요숲은 미얀마 출신의 보트피플이며, 여러 나라를 거치며 성장해 다양한 언어를 자유자

재로 구사하는 지식인이자, 사회문제를 외면하지 않고 해결하려 애쓰는 운동가다. 많은 이들이 금요숲의 기후변화 이야기는 특히 경각심을 일깨운다고 말한다. 다른 환경운동가가 그래프와 수치를 통해 기후위기의 심각성을 말하는 것과 달리 금요숲은 자신이 그 문제를 몸으로 직접 경험한 사람이기 때문일 것이다. 생생함, 이것으로부터 비롯되는 간절함은 사람의 마음을 움직인다.

여기에 약간 보충하고 싶은 부분이 있다. 금요숲의 주장이 설득력을 갖는 가장 큰 이유는 그녀의 시선이 현재를 향하고 있기 때문이다. 금요숲은 눈앞의 현실에 집중하며 산다. 과거를 돌아보며 좌절하는 기색은 찾을 수 없다. 언젠가 이에 대해 말했을 때 금요숲은 지금껏 들은 칭찬 중 최고라고 말했다. 그리고 덧붙였다.

"하지만 좌절이 없으면 희망도 없지 않을까요."

나는 더 묻고 싶었지만 그러지 못했다. 처음으로 금요숲의 말에서 선을 긋는 듯한 뉘앙스가 느껴져서였다. 사실 나는 오랫동안 금요숲의 비밀을 몰랐다. 그녀가 일기에 금요숲의 비밀을 알게 되었다고만 적었을 뿐 그 비밀이 무엇인지는 적지 않았기 때문이다. 그녀의 일기를 일부 인용한다. 참고로 하이마는 금요숲의 양부모가 붙여준 이름이자, 여러 개의 이름을 가진 금요숲이 가장 오랜 기간 사용했던 이름이다.

하이마는 나와 다르게 사람과 관계 맺는 데에 익숙한 사람처럼 보였다. 덕분에 나 같은 사람도 큰 불편 없이 프로젝트를 이끌어올 수 있었다. 우리는 잘 지내면서도 크게 가까워지지는 못했는데, 아이러니하게도 하이마가 사람을 배려하는 것에 능숙하기 때문이었다. 나와 같은 부류의 사람은 다른 부류와 가까워지기가 어렵다. 그 점을 잘 아는 하이마가 친절하게도 거리를 유지해주었다.

그렇지만 하이마라고 해서 언제나 능숙할 수 있는 것은 아니었다. 전날 늦게 잠들었는데도 새벽 일찍 눈이 떠져서 호텔 로비에 나갔더니, 역시 늦게 잠들었을 하이마가 나와 있었다. 나를 본 하이마가 산책하자고 제안해서 조금 놀랐다. 그런 제안도 처음이었지만 하이마의 태도가 그렇게 어색해 보인 것도 처음이기 때문이었다.

우리는 한동안 말없이 걸었다. 구름 없이 맑은 하늘과 바다가 맞닿은 선이 희끄무레하게 빛나고 있었다.

"곧 해가 뜰 것 같아요."

"오늘 일출은 여섯시 삼십칠분이에요."

하이마의 말에 내가 대답했다. 하이마는 바다에 해가 뜨는 풍경을 보면 멀미가 난다고 했다. 이유를 물었지만 곤란하다는 듯 웃기만 했다. 평소에는 전혀 볼 수 없던 미소였다. 어쩌면 새벽이라는 시간이 그녀를 방심하게 만들었는지도 모르겠다. 나도 평소와 다르게 적극적인 행동을 했는데, 역시 새벽이 어떠한 힘을 준 것 같았다. 나는 하이마에게 햇빛이 덜 가도록 그녀의 오른편에서 걸었다. 하이마는 내게 고맙다고 말했다. 나는 쑥스러워서 아무 말이나 주워섬겼다. 그러다 어린 시절 본 유령에 대해서도 이야기하게 됐다.

"그건 비밀이 아닌가요?"

한 번도 비밀이라고 생각해본 적은 없었지만 누군가에게 이야기한 적이 없는 것도 사실이었다. 남들에게 나는 이미 꽤 괴상한 사람으로 보일 텐데, 유령을 봤다며 떠벌리고 다녀서 좋을 일은 없을 테니. 고민하다가 나는 "어쩌면요"라고 대답했다. 왠지 그게 정답이었다는 생각이 든다. 하이마가 왜 해뜨는 바다를 볼 때 멀미가 나는지 이야기해줬기 때문이다. 그리고 그와 함께, 양부모님만 안다는 하이마의 비밀 역시도.

"멀미가 나는데 오늘은 왜 바다에 나오자고 했어요?"

"오랜만이라서요. 어쩌면 이제는 괜찮을지도 모르겠다는 생각이 들었어요."

우리는 호텔로 돌아와 조식을 먹으며 오늘 해야 할 일에 관해 대화를 나누었다. 여느 때와 같은 대화였지만 무언가 달라져 있었다. 나는 오늘 어쩌면 하이마와 친구가 되었는지도 모르겠다.

버거킹과의 프로젝트로 그녀와 금요숲이 바쁘게 세계를 돌아다니던 때였다. 그처럼 이른 시각에 둘이 함께 깨어 있었던 것은 순전히 우연의 힘이었다. 나는 두 사람의 우정이 시작되는 이 장면이 정말 아름답다고 생각했다. 몇 번인가 금요숲에게 이날 새벽을 어떻게 기억하고 있는지 물어볼까 고민도 했었다. 그렇지만 지금은 끝내 묻지 않아서 다행이라고 여긴다. 우습게 들릴지도 모르지만, 독자로서 어떤 선을 지켜냈다는 뿌듯함마저 느낀다.

다리 절단 이후로 고산은커녕 뒷동산조차 산책하지 않은 지 십년. 나는 지금 경기도에 있는 한 사립 박물관의 관장직을 맡고 있다. 등반과는 전혀 관계없는, 경기도 한 지방자치단체 소속의 작은 박물관이다.

우리 박물관의 설립은 논의부터 개관까지 전 과정이 매우 빠르게 진행되었다. 계기는 오 년 전 방송된 다큐멘터리였다. 그녀가 실종된 지 오 주년이 되던 해 제작된 다큐멘터리는 그녀의 업적과 일대기를 꼼꼼히 정리하는 한편 외교부의 특별 지원으로 실종 지역을 찾아가 당시 상황을 재구성한 것이었다. 더불어 당시 수사가 제대로 이루어지지 않았던 배경과 사건을 둘러싼 의문점을 면밀히 살피고 인터넷에 올라왔던 그녀의 목격담도 다루었다.

내가 관장직을 맡게 된 데에도 다큐멘터리의 역할이 크다. 아니, 사실은 전부다. 당시의 나로 말하자면 생계를 위해 일감이 주어지는 대로 칼럼과 책을 쓰고 강연을 하며 지내는 중이었다. 이런 방식의 삶에서는 무엇보다 이름을 알리는 게 중요하다. 그녀를 다룬 다큐멘터리에 출연해달라는 섭외를 받았을 때도 약간 의아하긴 했지만 공중파 방송에 출연하지 않을 이유가 없었다. 제작진은 그녀와 나의 관계에서 어떤 드라마틱한 요소를 느꼈는지 내 이야기에 예상보다 많은 분량을 할애했다. 제작진의 편집을 거치자 나라는 존재는 어느새 그녀의 유지를 받들 권리와 의무를 가진, 그녀의 처음이자 마지막 제자가 되어 있었다. 그녀에게 드론을 이용한 측정법 등을 배우기는 했지만 제자라 부를 수 있을 정도는 아니었다. 다만 방송 이미지가 생계에 도움이 될 듯해서 잠자코 있었다. 그리고 내가 생각했던 것보다 더 큰 행운이 이어졌다. X시의 시장으로부터 관장직을 제안받은 것이었다.

"경기도 X시. 그녀가 태어난 고향이자 대부분의 일생을 보낸 곳입니다."

다큐멘터리의 첫 내레이션을 들은 순간 X시의 시장은 쾌재를 불렀다. 재선을 앞두고 성과가 필요하던 차에 방송국에서 다 익은 호박을 따다 바친 셈이었다. 마침 시내에는 어린이 박물관을 유치

하려다 실패한 뒤 오피스텔이나 아파트의 모델하우스 용도로 사용하던 땅이 있었다. 그는 특유의 추진력을 발휘해 그녀의 부모가 살고 있던 아파트로 찾아갔다. 물론 그의 비서가 이미 그녀의 부모를 설득해놓은 상태였다.

딸의 막대한 유산을 상속받고도 두 노인은 그녀가 태어나 결혼 전까지 지냈던 작은 아파트에 여전히 살고 있었다. 시장은 그녀의 부모에게 박물관 건립 사업에 관해 자세히 설명했고 큰 무리 없이 동의를 받아냈다. 그렇게 시청 회의실에서 감사장을 주고받는 장면을 사진으로 남기는 것으로 시장은 박물관 개관을 위한 레이스의 출발점을 찍었다.

이 소식은 지역신문에 제법 크게 보도되었다. 해당 기사는 지금도 포털에서 찾아볼 수 있다. 시장은 가운데에서 환하게 웃으며 어깨동무하듯 양팔로 그녀의 부모를 감싸고 있다. 그녀의 부모에게는 손에 든 감사장과 꽃다발, 그리고 어깨에 얹어진 시장의 팔까지 모든 게 버거워 보인다. 문외한인 내게도 연출 의도가 충분히 엿보이는 사진이다. 박물관 개관은 최근 국회의원에 도전한 시장의 대표 업적으로 꼽히고 있다.

시장 양쪽에 선 그녀의 부모는 아무리 보아도 딸과 어디 하나 닮은 구석이 없지만, 흐릿한 인상만은 비슷하다. 어디서 본 듯하지만 실제로 본 적은 없는 미묘한 인상.

이 기사로 그녀의 전남편인 염박사가 박물관 건립 소식을 알게되었다. 그는 시청에 찾아가 장인어른과 장모님이 사업 내용을 제대로 이해하지 못한 채 동의한 것이므로 지금이라도 사업을 중단해야 한다고 주장했다. 사업은 이미 상당 부분 진척돼 있었다. 시장의 비서는 유족의 동의 자체는 박물관 건립에 불필요하며 어디까지나 예우 차원에서 이루어진 형식적인 것이므로 동의가 유효한지의 문제는 따질 필요가 없다고 맞섰다.

"이혼한 마당에 이제 와서 유족 행세를 하려고 드는 이유가 뭡니까? 보상금을 노리고 왔다고 솔직히 얘기하는 게 부끄러운 줄은 아시는 모양입니다?"

염박사는 몰랐겠지만 나는 그 대화를 듣고 있었다. 의도한 것은 아니었다. 관장직을 제안받고 설명을 들으러 시청에 방문한 참이었다. 한창 대화를 나누고 있는데, 비서가 잠깐만 기다려달라고 말하고는 자리를 비웠다. 그리고 어느 순간 옆 회의실에서 대화 소리가 들려왔다. 조곤조곤하던 두 사람의 목소리는 이내 쉬이 알아들을 수 있을 만큼 커졌다. 염박사는 유명인이었다. 세상일에 어느 정도 관심이 있는 사람이라면 염박사 특유의 쥐어짜는 듯한 목소리를 들어본 적이 있으리라.

나는 자리로 돌아온 비서에게 담배를 피우고 오겠다 말하고 슬쩍 일어나 밖으로 나갔다. 청사를 나서는 염박사의 뒷모습이 보였다. 그의 실제 모습을 보기는 처음이었다. 연구 벌레로 유명한 그는 원래도 외부 활동이 드물었지만 이혼 후에는 은둔하다시피 연구실에서 지낸다고 들었었다. 나와는 접점이 없는, 다소 삐걱거리는 듯한 걸음걸이를 가진 남자의 모습을 보고 있자니 설명하기 어려운 기묘한 감정이 일었다. 그렇다, 그는 나와 접점이 없는 사람이었다. 그녀라는 존재가 없었다면.

이후 염박사는 시청측에 어떤 항의도 하지 않았다. 다만 박물관에 자신의 사진 및 저작 등은 일절 사용할 수 없다고 못박았다. 그 탓에 우리 직원들은 새로운 기획전을 할 때마다 영상과 사진 속 염박사의 얼굴에 모자이크 처리를 하느라 고생이다.

그럼에도 나는 박물관에서 행사를 열 때면 빼놓지 않고 그에게 초대장을 발송한다. 다큐멘터리에서 그려진 것처럼 이것이 그녀의 유지를 받드는 일일지 아니면 단순히 나의 오지랖일지 모르겠으나, 나는 그를 그녀의 유족으로 대하고 싶다.

국정원으로부터 전화를 받았을 때, 나는 장난전화라고 생각했다. 상대의 말투에 장난스러운 낌새가 없었는데도 그랬다. 순간 딱딱해진 내 말투를 듣고 차를 마시던 금요숲이 눈을 동그랗게 떴다.

그럼 홈페이지에 나와 있는 이메일 주소로 공문을 보내드리겠습니다, 라고 말했을 때도 나는 그가 국정원 직원이라고 완전히 믿지 않았다. 삼십 분 뒤 도착한 메일을 확인하고 나서야 비로소 이게 무슨 일인가 싶었다.

국정원은 우리 박물관에서 소장하고 있는 그녀의 일기를 제공해줄 것을 요청했다. 가능하면 어린 시절부터 그녀가 사라지기 전까지 쓴 모든 일기의 원본을 원하며, 전시 등 불가피한 사유가 있다면 성인이 된 이후의 일기라도 꼭 대여하고 싶다고 했다. 또한 일기 내용에 대해 박물관측에 자문을 요청할 경우 응해주길 바란다고도 적혀 있었다.

나는 부관장을 불러 메일을 보여주었다. 그녀와 관련된 일인 만큼 금요숲에게도 의견을 구했다. 의논 끝에 일단 내가 국정원 직원을 만나보는 것으로 정리를 했다. 메일은 가장 중요한, 어째서 국가정보원이 십 년 전 사라진 한 여성의 일기에 이제 와 관심을 가지는지에 대해서는 전혀 언급하고 있지 않았으므로 확인이 필요했다.

"관장님, 그런데 이유를 묻는다고 그쪽에서 선선히 대답해줄까요?"

부관장과 나의 대화를 듣고 있던 금요숲이 물었다.

"왜요? 뭐 아는 것이라도 있습니까?"

"저…… 상관없는 일일 수도 있어서 잠자코 있었는데요, 국정원이라면 저도 경험해본 적이 있어서요."

나와 부관장의 시선이 동시에 금요숲을 향했다.

"경험이라면……"

"제가 난민 신분이라는 걸 잊으신 건 아니죠? 전에 조사를 받은 적이 있어요."

처음 듣는 이야기였다. 하지만 난민 심사는 국정원이 아닌 법무부에서 주관할 터였다.

"난민 신청을 하면 국정원에서도 심사를 받습니까?"

"그건 아니에요."

금요숲의 대답을 들은 부관장이 조용히 찻잔을 입가로 가져갔다 내려놓았다. 일자로 닫힌 입술 탓에 입가에 평소보다 깊게 주름이 패었다. 부관장이 물었다.

"그렇다면 어째서 금요숲씨는 국정원에서 심사를 받았나요?"

"음, 글쎄요…… 몇 가지 이유가 있었어요. 일단 저희 미얀마 상황이 어지럽기도 했고……"

"그럼 그때 미얀마에서 오신 분들은 모두 국정원 조사를 받았을까요?"

"아뇨, 아마 그렇지는……"

금요숲이 말을 흐렸다. 부관장이 대답을 기다리지 않고 다시 질문했다.

"혹시 그녀의 실종과 관련해 조사를 받은 건 아닌가요?"

"네?"

"잠시만요. 부관장님."

내가 끼어들었다.

"금요숲, 대답하기 곤란하면 하지 않아도 됩니다."

우리 사이에 잠시 어색한 침묵이 감돌았다. 그녀의 유일한 친구라는 타이틀과 더불어 몇 가지 이유로 금요숲은 한때 의혹의 눈길을 받았었다. 하지만 오 년 전 다큐멘터리에 출연해 알리바이를 증명한 뒤로는 그런 의심도 잠잠해졌다. 그보다는 금요숲이 한국에 오기 전부터 사회활동가였기 때문에 국정원이 금요숲을 따로 조사했을 가능성이 더 높아 보였다.

나는 내가 가진 국정원의 이미지를 떠올려보았다. 영화나 드라마에서 본 것 외에는 아는 바가 거의 없었다. 살면서 관계되리라고 상상해본 적도 없는 기관이었다.

"……혹시 폭력이나 강압이 있었습니까?"

내가 먼저 입을 열었다.

"아니에요, 관장님. 그런 일은 전혀 없었어요. 친절히 대해주셨고, 제가 질문하면 대답도 잘 해주셨어요. 그런데 어딘가 계속 답답한 느낌이었어요. 대화가 상대방이 원하는 대로 끌려가는 것만 같은…… 정작 중요한 건 하나도 물을 수 없었거든요. 그렇지만 그건 제 기분 탓이었을 수도 있어요. 솔직히 그때 저는 주눅들어 있었으니까요."

말을 잇는 동안 금요숲의 표정이 여러 번 바뀌었다. 강하게 부정하는 얼굴, 기억을 되살리려 애쓰는 얼굴, 의아한 듯하다가 이윽고 확신이 모두 사라진 얼굴.

"그런데 생각해보니 그때는 제가 난민 지위를 인정받기 위해 애쓴 경우였고요, 이번에는 국정원 쪽에서 도움을 요청하는 거잖아요."

"그렇죠."

"그럼 다를 것 같아요. 담당하시는 분도 당연히 다르겠죠. 결국 별 도움이 안 되는 이야기였네요."

대화는 그렇게 마무리되었다. 금요숲이 돌아간 후, 부관장이 신중한 표정으로 내게 말했다.

"관장님, 저 친구에게 메일을 보여주신 건 실수가 아니었나 싶어요."

"그녀와 관련된 문제라서 그랬던 건데, 왜요? 뭔가 신경 쓰이는 점이 있나요?"

"그녀와 가까웠던 사람이긴 하지만, 일단 외부인이고…… 그리고 아시잖아요. 실종 장소가…… 정말 그녀의 실종과 관련이 없을까요?"

"부관장님, 그녀가 실종되었을 때 금요숲은 만달레이에 없었어요. 아실 만한 분이 왜 그러세요."

부관장은 잠시 머뭇거리다가 말했다.

"……맞아요. 힘들 텐데도 열심히 사는 착한 친구인데 제가 괜히 이러나봐요. 신경쓰지 마세요."

우리 박물관의 최연장자인 부관장은 낙하산인 나와 달리 박물관 경력이 길고 성실한데다 해야 할 일과 불필요한 일을 분명하게 구분하는 능력을 가지고 있었다. 하지만 그녀의 일기를 전부 읽지는 않았다. 일기는 전시품의 하나일 뿐, 거기에 적힌 내용을 다 알아야 하는 건 아니기 때문이다. 어쩌면 그녀의 일기를 다 읽은 사람은 나뿐인지도 모른다. 어쨌든 그 때문에 부관장은 금요숲과 그녀의 관계를 제대로 이해하지 못하는 것일 수도 있었다.

그럼에도 금요숲이 외부인이라는 지적은 매정할지언정 틀린 말은 아니었다. 관장실을 나서는 부관장의 뒷모습을 보고 있자니 왼쪽 무릎 아래가 지잉 울렸다. 아픈 듯 간지러운 듯 이제는 익숙한 통증이었다.

그날 밤 꿈에 국정원 요원이 나와 잃어버린 다리를 다시 달아주겠다고 말했다. 내게는 그것이 세상 무엇보다 끔찍한 악몽으로 여겨졌다.

그는 자신을 국정원 팀장이라고 소개했다. 피부가 하얘서인지 외근이라고는 평생 해본 적 없는 사무직 회사원 같은 인상이었다. 까무잡잡한 나와는 전혀 달라 보였다. 그와 함께 있는 모습을 거울에 비춰 본다면 빛과 그림자처럼 느껴질 듯했다. 그는 나긋나긋한 말투로 내게 인사했다.

"여기까지 오시느라 고생하셨습니다."

"제가 뵙자고 먼저 말씀드렸는데요, 뭐."

꿈 때문인지 목소리가 딱딱하게 나왔다. 그는 미묘하게 수다스러웠는데, 대뜸 눈을 빛내면서 어떤 커피로 하겠냐고 물었다. 나는 그가 주문해준 아이스아메리카노를 마시면서 괜히 차가운 걸로 부탁했다고 후회했다. 그는 휘핑크림을 한껏 올리고 초콜릿 시럽까지 잔뜩 뿌린 따뜻한 카페모카를 마셨다. 일부러 맡지 않아도 단내가 날 정도였다.

"메일에 명시되지 않은 부분도 있고, 저희 쪽에서 여러모로 궁금한 것도 있었습니다. 서면으로 답변을 요청드릴까 했지만, 직접 뵙고 확인하는 게 더 확실할 것 같아 만나자고 말씀드렸습니다. 바쁘실 테니 단도직입적으로 여쭤보겠습니다. 일단, 저희는 국정원이 그녀의 일기에 관심을 가지는 이유를 도무지 짐작할 수가 없었는데요."

"관장님께서는 그녀가 미얀마로 언제 출국했는지 알고 계십니까?"

"물론입니다. 제가 한창 에베레스트 등반 준비로 바쁠 때 그녀를 마지막으로 만났으니, 11월 아니면 12월이었을 겁니다."

"2021년 봄에 등정하셨었지요? 당시 저도 뉴스를 봤습니다. 등반 과정을 담은 다큐멘터리도 봤고요. 꽤 인상 깊어서 나중에는 관장님의 강연 동영상을 찾아보기도 했습니다. 아, 에세이집도 샀어요. 오늘 챙겨왔는데, 이따 사인이라도 해주시겠습니까?"

그의 달콤한 커피 취향이나 삼천포로 빠지는 대화법이 사람을 다루는 매뉴얼일지도 몰랐다. 나는 끌려가지 않기 위해 허리를 바로 세우고 마음을 가다듬었다.

"사인이라면 어려운 일은 아닌데요, 지금은 일기에 관해서 여쭤 봤습니다만."

"아, 죄송합니다. 팬심에 그만…… 음, 어디까지 알고 계시는지 모르겠지만 당시 그녀는 미얀마 정부의 초청으로 그곳을 방문하게 되었습니다. 국빈이었던 셈입니다. 실제로 체류 비용도 그쪽 정부에서 대부분 부담했고요. 사실 정부보다는 집권 여당이라고 하는 게 더 맞기는 합니다만, 뭐, 우리하고는 많이 다르니까요. 어쨌든 도량형 통일에 대한 자문을 얻기 위해 그녀를 부른 것이었죠. 미얀마는 소수민족이 워낙 많은 나라다보니, 언어도 그렇지만 도량형도 제각각이라 발전이 더딘 곳이었거든요. 오랜 쇄국정책에서 벗어나기로 결정하면서 그녀에게 도움을 요청했지요."

"도량형 통일이라면…… 국제 표준인 SI 단위계를 말씀하시는 것이 맞습니까?"

그녀의 일기에 언급되곤 하던 내용이었다. 길이, 질량, 시간, 전류, 열역학적 온도, 물질량, 광도의 일곱 가지 기본 단위를 포함하는 SI 단위계는 전 세계 대부분의 국가에서 국가 표준으로 채택되어 있다. 미국의 요리 프로그램을 보다보면 단위가 미터냐고 묻는 장면이 종종 나온다. 이것은 밀가루의 양을 미터로 재냐는 것이 아니라 미터법, 즉 SI 단위계를 사용하느냐는 질문이다. 미국은 SI 단위계를 국가 표준으로 채택하고 있지 않아 종종 혼동이 일어나기 때문이다.

"맞습니다. 미얀마에서는 그녀에게 자문을 구해 미터와 킬로그램을 쓰는 세계 표준 단위계를 도입하려고 했어요. 도량형만 통일해도 여기저기 들어가던 예산을 줄일 수 있으니까요."

그동안 그녀가 미얀마를 방문한 이유는 국토 측정을 의뢰받아서라고 알려져 있었다. 나 역시 금시초문인 이야기였다.

"하지만 2021년에……"

"정부가 바뀌었지요. 새로운 정권 역시 그녀에게 작업을 계속해줄 것을 요청했습니다. 새 정권도 국제 표준 단위계를 도입할 필요가 있다고 판단해서였을 겁니다."

"그래서 그녀가 한국에 돌아오지 않고 계속 머물렀던 거군요. 전혀 몰랐습니다."

팀장의 설명은 이랬다. 그녀의 갑작스러운 실종으로 미얀마의 SI 단위계 도입 사업은 일시 정지되었고 그후 도량형 개혁은 진척이 없었다. 국민의 반발도 고려하지 않을 수 없었던데다가 정치적 혼란이 이어졌기 때문이다. 최근에 이르러 정치가 다소 안정되면서 정부는 다시 도량형 개혁에 관심을 보이는 중이라고 했다. 21세기 들어 국가 차원에서 표준 단위계를 통째로 바꾸는 것은 전례없는 일이었다. 팀장은 미얀마의 도량형이 바뀐다면 관계국 역시 막대한 경제적 효과를 누릴 거라고 했다. 당연히 이 사업에 뛰어들려고 촉각을 곤두세운 나라가 우리나라를 포함해 한둘이 아니었다.

"생각해보세요. 하다못해 체중계만 팔아도 엄청나지 않겠습니까."

나는 고개를 끄덕였다. 하지만 상황이 완전히 이해되는 건 아니었다.

"그것과 일기가 무슨 관련이 있습니까?"

"그녀가 미얀마 정부에 제출하려던 보고서 초안은 USB에 있는 것으로 추정되고 있습니다. 하지만 그녀는 타자보다 손으로 쓰는 걸 선호했다고 들었습니다. 버거킹에 보낸 보고서의 초안 역시 일기장에 작성했다고 하던데, 맞습니까?"

팀장의 말대로였다. 그녀는 일기장을 때로는 연습장으로, 때로는 연구 노트로 사용했다. 그녀의 일기에 국정원이 원할 만한 정보가 담겨 있을 가능성이 높았다. 다만 어디까지나 그녀가 미얀마에서 쓴 일기가 남아 있을 때의 얘기였다.

"그 일기는 저희가 가지고 있지 않습니다. 아시지 않습니까."

"물론 알고 있습니다. 워낙 유명한 이야기니까요. 음, 하나 더 말씀드리자면 그 일기를 찾는 데에 미얀마 정부로부터 도움을 받을 수 있을 듯합니다. 다만 일기장이 남아 있을지는 미지수인데다가 아직 확정된 사항도 아니니 함구해주셔야 합니다."

내가 고개를 끄덕이자 팀장이 설명을 이어갔다.

"저희는 다양한 가능성을 염두에 두고 있습니다. 그녀가 당시 정권의 권력형 범죄에 의해 실종된 것이라는 시나리오도 가지고 있습니다. 아니면 반군 세력이나 또다른 소수민족의 음모일 가능성도 있지요. 무엇이 맞는지 현 단계에서는 아무도 모릅니다. 다만 저희는 모든 가능성을 열어두려는 것입니다. 현재 남아 있는 일기를 통해 그녀의 생각을 파악할 수 있다면, 그녀가 당시 어떻게 행동했을지도 추측할 수 있을 테니까요. 말하자면 대한민국의 국익을 위한 일입니다. 물론 관장님께서는 국익에 관심이 없으실 수도 있겠지요. 그렇지만 그녀를 위해서라도 관장님의 도움이 필요합니다."

나는 대답을 유보한 채 집으로 돌아왔다. 그렇지만 거절할 명분이 전혀 없는 제안이었다. 고민 끝에 나는 다음날 부관장에게 국정원의 제안을 수락하기로 했다고 말했다. 부관장은 대여 기간과 보관 방법 등에 대해서는 자신이 안내하겠다고만 할 뿐 그렇게 결정한 이유는 따로 묻지 않았다.

그날 또다시 세상에 없는 왼쪽 무릎 아래가 쿡쿡 말을 걸어왔다. 전혀 희미하지 않은, 선명한 통증이었다.

그녀의 실종은 의문투성이다.

그녀는 양곤국제공항을 출발해 만달레이국제공항에 도착할 예정이었다. 맑고 바람도 없는 날이었다. 비행기는 이륙한 지 얼마 안 되어 강 위에 불시착했다. 연료 계기판에 표시된 단위와 실제 급유 시에 사용한 단위가 서로 달랐던 것이 사고의 원인이었다. 다행히 승무원과 승객 모두 탈출에 성공했다.

사고 당시 그녀가 비행기에 타고 있었다는 것은 분명하다. 한 노년의 승객은 스스로 구명조끼 착용을 마친 그녀가 자신이 구명조끼 입는 것을 도와주었다고 증언했다. 탈출 슬라이드에 오를 수 있도록 그녀의 손을 잡아주었다는 승무원도 있었고, 그녀가 구조용 보트에 올라타는 모습을 봤다는 승객도 있었다. 수많은 증언 속에서 그녀는 분명히 존재하고 있었다. 그러나 어느 순간을 기점으로 그녀는 사라졌다. 보트에 오른 후 누군가 강물에 빠지는 광경을 목격했다거나 비슷한 소리를 들었다는 사람은 없었다.

한 여유 넘치는 승객이 찍은 삼십 분가량의 동영상을 통해 당시의 분위기를 짐작해볼 수 있다. 다양한 언어의 불만 섞인 목소리와 아기 울음소리 등이 들리는 가운데 죽음의 공포는 어디서도 느낄 수 없다.

그 영상에는 그녀로 보이는 인물도 멀찍이 찍혀 있다. 촬영자와 다른 보트에 타고 있는 탓에 이목구비를 알아보기는 어렵다. 여러 각도에서 현장을 담던 촬영자가 두번째로 그녀(로 보이는 인물)가 탄 보트에 초점을 맞췄을 때, 오 분 전까지 그 자리에 있었던 그녀(로 보이는 인물)는 사라지고 없다. 오 년 전, 다큐멘터리 제작진은 국립과학수사연구원의 도움을 얻어 원본 영상을 세세히 분석했지만 오 분 동안 그녀(로 보이는 인물)에게 무슨 일이 벌어졌는지는 끝내 밝히지 못했다.

사고가 난 이라와디강은 미얀마에서 가장 큰 강이다. 하지만 강이 아무리 넓다 한들 그토록 보는 눈이 많은 곳에서 어떻게 아무도 모르게 사라질 수 있겠는가. 그녀가 물에 빠졌다 하더라도 구명조끼를 입은 이상 물에 뜰 수밖에 없었다.

확실한 사고였지만 당시 탑승객 가운데는 몇 년어치 이야깃거리를 얻었다고 웃어넘기는 사람도 있었다. 다친 사람은커녕 짐을 잃어버린 사람조차 나오지 않았으니 말이다. 무사 탈출을 기념하며 물에서 다같이 기념사진을 찍었을 정도라면 사고 당시 현장의 분위기가 어땠는지 더이상의 설명은 필요 없을 듯하다.

오직 그녀만이 작은 배낭 하나와 함께 사라졌다. 그녀가 언제나 가지고 다녔던 일기장 역시. 새롭게 바뀐 미얀마 정부의 짓이라는 소문이 돌았다. 반정부 세력의 짓이라는 소문도 돌았다. 대부분은 그녀가 죽었다고 말했고 누군가는 어딘가에 반드시 살아 있으리라고 믿었다. 목격담도 많았지만 믿을 만한 것은 없었다. 심지어 돌고래를 타고 사라졌다는 전설 같은 증언도 있었다. 한국 정부는 외교부를 통해 잠수팀 파견 허가를 요청했으나 받아들여지지 않았다. 그렇게 그녀의 실종은 미제 사건이 됐다.

네팔의 병원에 입원해 있는 동안 나는 절대안정이 필요하다는 이유로 휴대폰 사용이 금지됐다. 진짜 이유는 한국에 도착하자마자 알 수 있었다. 취재 열기는 다소 식었어도 여전히 사방에서 그녀의 실종 소식을 전하는 중이었다.

물리적으로 더이상 존재하지 않는 신체 부위를 생생히 느끼는 환상지幻像肢는 절단 수술을 받은 사람 대부분이 경험하는 증상이다. 그중 절반 이상이 환상통을 겪는다. 세상의 많은 통증이 그러하듯 환상통에도 다양한 양태가 있어서, 하품할 때마다 느낀다는 이도 있고 용변을 보는 순간 찾아온다는 이도 있다. 보통은 절단을 인식한 직후 발생하지만 드물게 절단하고 시간이 지난 뒤에야 환상통이 찾아오기도 하는데, 내가 그랬다.

나는 그녀의 실종 소식을 들은 직후 첫 환상통을 겪었다. 그뒤로 마음이 동요할 때마다 어김없이 통증이 찾아왔다. 통증에는 소리도 있었다. 발가락을 찧을 때는 자동차의 클랙슨처럼 짧고 굵은 소리가 나고, 편두통을 앓을 때에는 머릿속에서 지잉지잉 하는 소리가 나는 것처럼 말이다. 귀가 아니라 세포가 느끼는 소리이다. 내 환상통은 속삭이는 목소리처럼 들렸다.

그녀의 부재를 채우듯 나타난 이 목소리와 함께한 지 벌써 십 년이 되었다.

염박사에게 전화했을 때 그가 보인 태도는 예상 범위 밖이었다. 마치 연락을 기다리고 있었다는 듯한 말투에 잠시 당황하지 않을 수 없었다.

　"관장님과는 언젠가 한번 만나게 될 줄 알았습니다. 그래, 국정원에는 뭐라고 답변을 하셨나요?"

　"아직 확답 전입니다."

　부관장에게는 승낙하겠다고 말했지만 국정원에는 답을 하기 전이었다. 나는 아무렇지 않게 국정원을 언급하는 염박사의 목소리를 들으며, 요청을 수락하기 전 염박사에게 연락하기를 잘했다고 생각했다. 국정원이 그에게도 도움을 요청한 모양이었다. 염박사는 아마 거절했을 터였다.

"전 내일 오전까지 연구 프러포절 하나를 마감해야 해서 오늘은 밤을 새우게 될 듯하니, 내일 오후가 어떻습니까."

"제가 근처로 가겠습니다."

내 말에 염박사는 잠시 침묵했다. 내 다리를 생각하고 있는지도 몰랐다. 몇 년 전 시청에서 뒷모습을 보았을 때와 달리 나는 이제 염박사에 대해 많은 것을 알고 있었다. 그녀의 일기를 읽었기 때문이다.

"죄송하지만 그럼 부탁드리겠습니다. 저는 학교에 계속 있을 예정입니다. 오후 아무때나 연락 주십시오."

염박사는 최근 교수직을 얻어 주로 학교에서 지내고 있다며 학교 주소를 보내주겠다고 했다. 나는 막연히 염박사가 나를 적대적으로 대하리라고 예상하고 있었다. 박물관 건립을 추진하는 과정과 개관 이후에 보인 태도를 생각하면 그가 내게 순순한 태도를 보이는 게 오히려 이상한 일이었다.

내가 그녀를 알게 되었을 때 그녀는 이미 염박사와 이혼한 상태였다. 만약 이혼 전이었다면 염박사와 서로 인사할 기회가 있었을지도 모른다. 하지만 만약은 만약일 뿐이라 염박사와는 만날 일이 없었다. 신문 기사나 강연 영상을 통해서가 아니면 염박사도 나를 알 방법이 없었을 것이다. 인터뷰 중에 나를 좋게 볼 만한 내용이 있었던가? 자신이 건립을 반대한 박물관의 관장직을 맡고 있다는 사실을 상쇄할 만큼? 애초에 그런 자료를 찾아볼 만큼 내게 관심이 있기는 할까?

다음날 학교로 향하는 지하철에서 잠깐 잠들었을 때 나는 오랜만에 등정하는 꿈을 꿨다. 에베레스트였는지 안나푸르나였는지는 모르겠다. 꿈속에서 나는 최종 캠프로부터 100미터 정도 남은 정상을 올려다보고 있었다. 날씨가 맑았지만 그건 변덕스러운 산신이 보여주는 잠깐의 평화로움에 불과하다는 사실을 꿈에서도 잘 알았다. SF 영화의 한 장면처럼 사방에서 기상예보가 날아들면서 모두 다른 예측을 보여줬다. 나는 지도를 펼쳐들고 예보가 나타날 때마다 온갖 변수와 등반 루트를 검토했다. 눈을 떴을 때 나는 염 박사가 내 전화를 끊어버리지 않고 호의를 보였다는 사실 자체에 감사하기로 마음먹었다. 꿈속에서 내가 끊임없이 루트를 수정하는 동안에도 하늘은 예보와 다르게 계속해서 푸르기만 했기 때문이다. 예보가 어떻든 현재 날이 맑으면 그건 등반해도 좋다는 신호처럼 여겨진다.

학교는 평지에 있어 보조 기구 없이 의족만으로도 충분히 다닐 수 있었다. 방학을 맞아 캠퍼스는 한산했다. 방학 때가 성수기인 박물관과는 반대였다.

교수실 문을 열자 염박사가 핏발이 선 눈으로 나를 맞이했다. 벽면을 가득 메운, 무슨 뜻인지 짐작이 가지 않는 외국어로 된 전문 서적들이 산봉우리처럼 나를 압도했다. 나는 준비해간 음료 상자를 어색하게 내밀었다. 대학에 종종 강연을 하러 간 적은 있었지만 교수실에 방문하기는 처음이었다.

"이런, 멀리까지 오시게 했는데 죄송합니다."

그녀의 일기에 따르면 죄송하다는 말은 고맙다는 말을 대신하는 염박사만의 표현이었다. 그는 생각보다 조금 더 나이들어 보였다. 왼쪽 정수리 조금 앞쪽에 유독 흰머리가 몰려 있었고 나머지 머리 역시 거의 반백에 가까웠다. 셔츠를 입고 잠을 잤는지 여기저기가 구깃구깃했다. 한쪽 깃이 위로 세워져 있는 것을 그에게 말해줘야 할지 망설이다가 입을 다물기로 했다.

염박사는 캐비닛을 뒤적거리더니 재스민차와 함께 전통 과자를 내왔다.

"국정원에서 관장님께는 뭐라고 하던가요?"

다소 어수룩한 동작으로 과자와 차를 준비할 때와는 다르게 단도직입적인 태도였다. 그녀와 비슷한 대화 방식이었다. 수줍음이 많아서 쓸데없어 보이는 이야기를 변명하듯 늘어놓지만, 예상치 못한 순간 상대가 곤란할 정도로 직진해 핵심을 던지는 스타일. 역시 그녀의 일기에 따르면 이것은 염박사가 중요한 대화를 한다는 뜻이라고 했다. 나는 그에게 국정원 팀장과의 대화를 가감 없이 전했다. 내 이야기를 들은 염박사는 얼굴을 구기더니 아주 어색한 몸짓으로 찻잔을 입에 가져갔다. 마치 할말이 생각나지 않을 때에는 차를 마셔라, 라는 명령을 받은 로봇 같은 움직임이었다. 염박사는 한동안 기계적으로 차만 마시며 간간이 한숨을 내쉬었다.

"저는 관장님 생각과는 달라요. 국정원측의 주장은 상당히 일방적입니다. 국정원은 전부터 아내를 주시하고 있었습니다."

"주시했다는 말씀은…… 혹시 실종 전부터 말입니까?"

"네. 그녀는 간첩 혐의를 받고 있었어요."

"네?"

내가 그녀를 소개받은 것은 안나푸르나 등정에 실패하고 몇 년이나 스폰서를 구하지 못하던 때였다. 그때 그녀는 해발고도를 측량하는 일에 몰두해 있었다. 첫 만남 때 그녀는 높은 산에 올라갈 수 있다면 어떤 연구를 하고 싶은지 들뜬 목소리로 이야기했다. 나는 뉴스를 통해 그녀가 이혼한 지 얼마 되지 않았음을 알고 있었다. 그녀는 자신이 처해 있는 상황과는 상관없이 무언가에 깊이 몰입할 수 있는 사람처럼 보였다. 그런 그녀가 간첩이라니. 하물며 에베레스트 등반 자금까지 지원할 정도로 재력을 쌓은 그녀였다. 돈을 위해 간첩 활동을 했을 리도 없었다.

"산업스파이 활동이라도 했다는 말씀인가요? 지리 정보라도 팔았다고 의심받았다는 겁니까?"

"우리나라 사람들은 나라가 쪼개져서 서로 싸운다고 하면 붕당정치를 떠올립니다. 단순히 내 편 네 편 이렇게 둘로 나뉘어서 싸운다고 생각하지요. 하지만 거긴 달라요."

염박사가 눈을 끔뻑거렸다. 역시 그녀의 일기를 통해 이미 알고 있던 그의 버릇이었다. 오랫동안 안구건조증에 시달린 탓이라고 했다.

"미얀마에는 다수인 버마족 외에도 소수민족이 여럿 있지요. 종교도 제각각이고요. 더구나 우리보다도 식민지 시절의 잔재를 청산하지 못한 나랍니다. 거슬러올라가서 친영파, 독립파까지 따지기 시작하면 그들이 어떻게 서로를 같은 나라 사람으로 여기는지 이해할 수 없을 정도지요."

"민족 갈등에 그녀가 관여했다는 건가요? 그렇다고 국정원이 왜 그걸 신경쓰는지 모르겠습니다."

"확실치는 않지만, 국정원이 아내를 주목하기 시작한 건 그쪽의 정권이 바뀐 시점부터일 겁니다."

"쿠데타요?"

"네. 아내가 군사정권에 협력한 것이 화근이었지요."

"하지만 국정원에서는 이전 정부의 사업을 계속 이어간 것이라고 하던데요."

"그 얘긴 맞습니다. 그런데⋯⋯"

염박사가 찻잔을 들어 단번에 비웠다. 나는 그의 입이 다시 열리기만을 기다렸다.

"군사정권이 세계 각국으로부터 비난받으면서 미얀마는 외교적으로 고립되었었지요. 그런데 당시 군사정권을 용인하던 나라가 몇 군데 있었습니다. 거기에, 북한도 포함됩니다."

무슨 의미인지 연결은 되었다. 그렇지만 그녀를 의심할 만한 정황으로 보기는 어려웠다.

"혹시 그녀가 북한에 가려고 했습니까?"

"백두산의 높이를 재보고 싶다고 한 적은 있습니다. 하지만, 관장님은 아실 거라고 생각합니다. 제 아내가 어떤 사람인지⋯⋯"

나는 대동여지도를 펴낸 김정호를 떠올렸다. 만약 그가 현대에 태어났다면 완벽한 지도를 만들기 위해서 북한에 가고자 했다고 해도 이상하지 않을 것이다. 물론 정권이니 사상이니 하는 문제는 전혀 고려하지 않은 채로.

그녀 역시 북한에 가보고 싶어했을지도 모른다. 만약 그런 움직임이 있었다면 국정원이 그녀를 주시한 것도 부자연스러운 일은 아니다. 하지만 그녀에게 간첩 혐의가 있는 것과 그녀를 간첩으로 모는 것 사이에는 엄연한 차이가 있다. 더구나 그녀는 유명인이다. 간첩 혐의를 받고 있다는 사실이 알려지면 분명 화제가 될 텐데 국정원이 그런 무리수를 둘 리는 없다는 생각이 들었다.

"이상한데요. 그녀에게 누명을 씌워서 국정원이 득을 보는 게 있습니까?"

"말씀드렸지요. 미얀마의 파벌은 두셋 정도가 아니라고. 외부인인 아내에게 SI 단위계 도입을 위한 사전 조사를 맡긴 것은 그 때문입니다. 그런데 확실히는 알 수 없지만, 아마 최종적으로 아내는…… SI 단위계 도입을 반대하는 견해를 냈을 가능성이 큽니다."

"어째서요?"

"그건…… 제가 아는 아내라면 그렇습니다. 그리고 아내는 그날, 그러니까 실종 전날 저녁에 저희 아버지와 통화를 했습니다. 유령을 남겨두어야 한다, 이렇게 말했다고 합니다."

"유령을 남겨둔다?"

"네. 아버지는 그때 경증 치매를 앓고 있어서 그게 무슨 이야기냐고 물어도 그렇게 들었다고만 했지만, 아무튼 이상하지 않습니까? 꼭 다잉 메시지같이."

확실히 이상했다. 염박사는 어째서 그녀를 여선히 아내라고 부르는 걸까. 그리고 왜 국정원이 그녀에게 간첩 혐의를 씌웠다고 믿고 있을까.

"무엇보다, 아내가 그날 왜 만달레이로 가는 비행기에 탔는지 아십니까?"

"국토 측정을 위해 북쪽에 있는 소수민족을 만나러 가던 것으로 알고 있었는데요."

다큐멘터리에 나온 설명이었다. 일기가 그녀와 함께 사라졌기 때문에 제작진은 실종 전 일 년 동안의 행적을 되살리는 데 큰 공을 들였다. 그녀가 만난 온갖 인물들을 찾아가 언제 무슨 이야기를 나누었는지 일일이 확인하는 식이었다. 사라진 자는 말이 없으므로 그들의 의견은 어디까지나 일방적인 의견일 수도 있었다. 다만 소수민족 대표자와의 회동은 공식 일정이었기 때문에 의심하기 어려웠다.

"겸사겸사 그랬을 수도 있지요. 그렇지만 그전에 만나려던 사람이 따로 있었어요."

나로서는 처음 듣는 이야기였다.

"금요숲을 만나러 간다. 이것이 아내의 마지막 메시지입니다."

"아버님께 보낸 메시지인가요?"

"아니요. 실종 당일 아침 갑자기 제게 보내왔습니다. 저는 그때 실험실에 있느라 나중에 사고가 난 뒤에야 메시지를 봤습니다."

"경찰이나 국정원에 그 말씀을 하셨습니까?"

"왜 안 했겠습니까? 하지만 별다른 수사는 이루어지지 않았습니다. 십 년 전에도 지금도. 그들은 무슨 꿍꿍이에선지 금요숲의 망명 신청을 받아주고는 여기 눌러살 수 있게 도와줬습니다. 꼭 무슨 거래라도 한 것처럼요. 저는 경찰도 국정원도 다 믿을 수 없습니다."

염박사는 금요숲을 의심하고 있었다. 그의 말에 따른다면 국정원과 금요숲이 한통속이라는 것이었다. 도량형을 둘러싼 이권 다툼이 있다고 해도, 금요숲이 그 사이에서 어떠한 악의를 가지고 움직인다는 것은 상상조차 되지 않았다. 거기에 국정원이 개입되어 있을 가능성에 대해서는 더더욱 상상하고 싶지 않았다.

"금요숲이 누군가를 해할 수 있으리라는 생각은 안 듭니다, 솔직히요."

"그렇지요? 저도 그랬습니다. 하지만 세상일은 예상한 대로만 흘러가지는 않으니까요. 어쩌면 그런 편견을 이용하고 있을 수도 있겠죠."

"금요숲이 그런 일을 할 이유가 있나요?"

"그 친구는 동남아시아 땅과 바다에서 난민 생활을 오래했지요. 여러 언어를 능수능란하게 구사하는 똑똑한 여성이고요. 기후위기 같은 사회문제에 관해 앞장서서 이야기하는 열정 넘치는 사람이기도 합니다. 그렇기 때문에 우리는 그 아이가 순박하고 선하다고 너무 쉽게 믿어버리는 게 아닐까요?"

"저는 그런 게……"

나 역시 금요숲을 알아온 시간이 있었다. 염박사나 그녀가 금요숲과 함께 지낸 시간보다야 짧을 수도, 농도가 옅을 수도 있다. 그렇다고 해서 사소한 부탁에도 자기 일처럼 기꺼이 나서주는 금요숲에게 다른 의도가 있을지도 모른다고 생각할 수는 없었다. 생각하기 싫었다. 염박사가 다시 입을 열었다.

"저도 확실한 건 모릅니다. 위험한 사람이 아닐지도 모르지요. 그렇지만 왜 아내를 만나기로 해놓고 자신은 만달레이에 없었던 척 알리바이를 꾸며냈을까요? 적어도 그 아이는 아내가 그 과정에서 위험에 처할 거라는 건 알고 있었을 겁니다. 아내는 부모 외에는 별달리 연락할 곳도 없는 사람이니, 자신만 입다물면 아내와의 약속 사실은 끝까지 비밀로 할 수 있다고 계산했을 거고요."

염박사의 말을 들었을 때, 나는 새벽 바다에서 그녀와 금요숲이 비밀을 나누는 광경을 떠올렸다. 어쩌면 그날 그녀는 금요숲에 대한 굉장한 비밀을 알게 되었는지도 몰랐다. 그후 정세가 급격히 바뀜에 따라 금요숲은 어떻게 해서라도 자신의 비밀을 지켜야 하는 상황에 놓인 것일 수도 있었다.

"……그녀는 금요숲의 비밀을 알게 되었다고 썼습니다."

"비밀? 일기 말씀인가요? 어떤 비밀이죠?"

"무슨 비밀인지는 적혀 있지 않습니다. 저는 그저 그녀가 일기에서조차 금요숲의 비밀을 지켜주고 있다고 생각해서 감동받았어요. 그런데……"

"어쩌면 그게 원인일 수도 있겠군요. 저도 경찰도 아내의 일기를 읽어볼 생각은 해본 적이 없으니…… 아니, 아닙니다. 뭔지 알 것 같습니다, 그 비밀."

심각하던 염박사의 표정이 순식간에 풀렸다.

"그 아이가 로힝야라는 사실일 겁니다. 그 비밀이란 건."

"네?"

"언젠가부터 아내가 로힝야 이야기를 하기 시작했어요. 그 사람들이 무슨 언어를 쓰는지 아느냐, 종교가 뭔지 아느냐 하면서요. 굉장히 뜻밖이었죠. 관장님도 이해하실 겁니다. 측량밖에 모르던 사람이 갑자기 로힝야의 인권이 어떠니 하는 이야기를 했으니까요. 기부도 꽤 했을 겁니다. 돌이켜보니 그래서였군요. 일기에는 안 썼던가요?"

염박사의 말대로였다. 일기에는 종종 로힝야 이야기가 나왔고, 관련 단체에 기부했다는 내용도 있었다. 나는 금요숲이 미얀마 난민 출신이니 자연스럽게 영향을 받았겠거니 했을 뿐, 금요숲이 로힝야족이기 때문일 거라고는 전혀 생각하지 못했다. 금요숲은 만달레이 출신이라는 것 외에는 과거에 대해 무엇도 밝히지 않았기 때문에 자연스레 버마족으로 알려져 있었다.

"그렇다면 박사님께서는……"

"제 아내는 실종된 게 아니라 살해당한 겁니다. SI 단위계를 도입함으로써 이익을 볼 사람들의 손에 말이죠. 아내를 죽여서 반대파들에게 본보기를 보여준 거예요. 오래전 사건을 흉내내면서 말이죠."

염박사는 이어 설명했다. 1983년, 캐나다 몬트리올국제공항에서 출발한 에어캐나다 143편 보잉 767기가 불시착하는 사고가 있었다. 사상자는 없었지만 탑승객들은 공중에서 엔진이 멈추는 아찔한 순간을 경험해야 했다. 사고의 원인은 연료 부족. 출발지와 경유지에서 파운드 단위와 SI 단위를 혼동해 잘못된 양이 급유되었던 것이다. 당시 에어캐나다는 SI 단위계를 순차적으로 도입하는 과정에 있었고, 따라서 미리 예견할 수 있었던 인재로 평가된다.

이런 유형의 사고는 후에도 일어났다. 그중 가장 유명한 것이 나사가 1998년에 발사한 화성 기후 궤도선이 일 년도 되지 않아 연락두절된 사건이다. 이것 역시 기술적 결함이 아니라 의사소통이 되지 않았기 때문에 발생한 인재였다. 일부 엔지니어들이 킬로그램이 아니라 파운드 수치를 입력한 탓이었다. 우리 돈으로 사천억원에 가까운 예산이 투입된 프로젝트였고, 결과적으로 모든 담당자가 해고되었다. 이후 나사가 SI 단위계를 정식 채택하게 되었음은 물론이다.

미얀마에서 일어난 사고가 SI 단위계 도입을 위해 꾸며낸 것이란 말인가. 염박사의 말을 듣고 있으니 어쩌면 그녀가 SI 단위계 도입을 위해 스스로 희생한 것인지도 모르겠다는 생각이 들었다. 그녀가 국제 표준 단위계의 도입을 반대할 이유는 없지 않을까. 다만 그녀가 시아버지에게 했다는, 유령을 남겨둬야 한다는 말이 걸렸다.

"그럼 박사님, 박사님께선 제가 국정원에 일기를 제공하지 않기를 원하십니까?"

"아니요. 아닙니다. 그건 관장님께서 박물관 분들과 상의해서 정하시면 되는 일입니다. 이제 와서 일기를 본다고 뭐 대단한 걸 알아낼 수 있겠습니까. 설령 아내가 정말 간첩이었다 하더라도 일기장 같은 곳에 증거를 남길 만큼 어설프지는 않았을 겁니다. 저는 다만 관장님께서 휩쓸리지 않기를 바랄 뿐입니다. 그래서 언젠가 말해야지, 하고 마음먹었던 겁니다. 안 믿어주셔도 어쩔 수 없지만요."

염박사가 신중한 태도로 말을 이었다.

"실은 얼마 전 저희 형수님께서 조카 녀석을 데리고 박물관에 다녀왔다고 말씀하시더군요. 조카가 아내를 잘 따랐었거든요. 그런데 거기서 금요숲, 그 친구를 보았다고 하시더라고요. 관장님과 스스럼없이 대화를 나누는 모습도요."

형수도 금요숲에 대한 염박사의 생각을 어느 정도 알고 있다고 했다. 그래서 혹시 이번에는 나를 대상으로 어떤 음모를 꾸미면 어떡하느냐고 걱정했다고 했다.

"저야 특별히 관장님을 걱정한 것은 아닙니다. 하지만 제 눈에는 관장님이 어쩌다 이 일에 휘말린 것같이 보입니다. 제 아내가 간첩이었을 수 있습니다. 아니면 금요숲이 종교나 정치 세력, 또는 군부의 이중 스파이이거나 삼중 스파이여서 아내를 실컷 이용하다 가치가 떨어지자 어딘가에 팔아넘겼을 수도 있죠."

그녀는 실종되었다. 제대로 된 장례조차 치르지 못했다. 산악인이던 나에게는 익숙한 형태의 죽음이었다. 남겨진 유족이 어떤 감정의 변화를 겪는지도 잘 알고 있었다. 염박사 역시 희망을 품었다가 좌절한 후에 원망에 이르고 이윽고 초월하게 되었으리라.

"물론 저도 확실한 근거를 갖고 있는 건 아닙니다. 그래서 지금까지는 그냥 눠둘 수밖에 없었습니다. 저 같은 개인이 알아낼 수 있는 것에는 한계가 있고요. 그런데 말이죠, 금요숲이 겉으로는 참 밝고 명랑한 아이이지만 가끔 사람과 눈을 마주치지 못합니다. 알고 계셨습니까?"

금요숲의 부모는 아주 어린 금요숲을 데리고 방글라데시로 탈출하기로 마음먹었다. 제대로 앉지도 못할 만큼 사람들로 빽빽한 보트 위에서 어린아이들을 포함해 모두가 굶주렸고 하나둘 죽어 갔다. 남은 사람들은 빠르게 부패하는 시신을 바다에 던질 수밖에 없었다. 희망과 절망 사이의 파도에 휩쓸리며 마침내 금요숲은 부모와 함께 육지에 도착했지만 그곳에서도 쫓기거나 숨어다녀야 했고, 그 과정에서 결국 부모를 여의고 말았다. 난민 캠프에서 봉사활동을 하던 고향 사람에게 입양된 것은 천운이었다. 이상의 이야기를 나는 일기를 통해 알고 있었다. 그렇지만 로힝야 문제와는 연결해서 생각하지 못했다. 미얀마가 내전중이었기에 민족과는 관계없이 겪을 수 있는 일이라 여긴 것이었다.

"금요숲은 난민 출신입니다. 트라우마 때문이 아닐까요?"

"이유가 뭐든 그 아이는 불안한 겁니다. 세상에서 가장 무서운 사람은 분노한 권력자도, 가진 것을 모두 빼앗긴 약자도 아닙니다. 불안해하는 사람이 가장 무서운 법입니다. 무슨 일을 할지 알 수 없으니까요. 그 아이는 때로 불안을 숨기지 못합니다. 어린 시절의 경험이나 쿠데타를 겪으며 도망쳤던 경험 때문일 수도 있겠죠. 아니면 실은 자신이 버마족이 아니라 로힝야족 출신이라는 사실이 밝혀질까봐 전전긍긍하는 것일 수도 있고요. 하지만 그 아이 자신이 계속 불안한 상황을 만들고 있는지도 모릅니다. 예를 들면 관장님을 어떤 목적에 이용하면서요."

"……금요숲은 어째서 자신이 로힝야족이라는 사실을 비밀로 했을까요?"

"로힝야족은 이슬람교도지요. 금요숲은 아마 입양되면서 양부모를 따라 불교로 개종하고 버마식의 새 이름도 받았을 겁니다. 어렸을 때라고는 하지만, 종교를 버린 이슬람교도가 어떻게 되는지 아십니까?"

당연히 몰랐다. 생각해본 적도 없는 문제였다. 고백하자면 나는 로힝야족이 이슬람교를 믿는다는 것도 몰랐다. 염박사는 로힝야족이 받은 오랜 핍박에 대해 설명했다. 로힝야족은 미얀마에서 다수민족인 버마족은 물론이고 다른 소수민족이나 독립운동을 했던 군부 세력 등 모두의 적으로 여겨진다고 했다. 종교의 관점에서 본다면 불교도가 이슬람교도를 핍박하는 모양새라고. 이를 피해 방글라데시로 탈출하는 로힝야족이 많지만, 방글라데시는 세계에서 인구밀도가 가장 높은 나라 중 하나일 뿐만 아니라 세계 최빈국 중 하나이기도 하다.

"그 친구가 우리나라에서 난민 자격을 얻게 된 과정도 저는 미심쩍습니다. 우리나라는 난민 심사가 까다로운 나라입니다. 그런데 고작 삼 개월 만에 난민으로 인정받고 대학도 다닌다고요? 제아무리 한국어가 유창해도 그렇게 손쉬울 수가 있습니까?"

문득 금요숲을 의심스럽게 바라보던 부관장의 모습이 떠올랐다. 염박사의 말대로 나는 숱한 어려움을 겪고도 씩씩하고 쾌활한 금요숲이 나쁜 사람일 리 없다고 속단하고 있었는지도 모른다. 최근 들어 다시 환상통을 느끼게 된 것도 나의 무의식이 어떠한 위험을 경고하기 위함인지 몰랐다.

"그런 의혹을 전에 경찰에 분명히 이야기했는데도 다들 무시했다는 말씀이시죠."

"네. 다큐멘터리 같은 곳에 잠깐 나온 정도였습니다. 그마저도 전처를 잃고 음모론에 빠진 미치광이처럼 다뤄졌지만요."

"그래서 이제는 의혹을 제기하지 않을 생각이신가요."

"그래서는 아닙니다. 다만……"

염박사의 표정이 처음으로 처연해졌다.

"그렇게 해서 뭐가 달라집니까……"

염박사가 말꼬리를 흐렸다. 사실 그에게는 이어가기 힘든 이야기였을 터였다. 나는 염박사에게 마지막으로 묻기로 했다.

"박사님, 정말 그녀의 일기를 읽어보신 적이 없습니까?"

"없습니다. 단 한 번도."

그 말이 사실이라면, 어째서 한때 그녀와 가장 가까웠던 염박사가 유령이라는 단어를 다잉 메시지라고 표현했는지 이해할 수 있었다. 그녀는 자신이 본 유령에 대해 남편에게조차 이야기하지 않았던 것이다. 어째서였을까. 나는 염박사를 그녀의 측량 인생에서 가장 중요한 동반자라고 믿어왔다. 그리고 유령이야말로 그녀의 측량 인생에서 가장 중요한 것이라고 생각했었다.

그녀의 일기는 읽어내기 어렵다. 제아무리 글씨를 잘 쓴다 하더라도 손글씨가 활자에 비해 가독성이 떨어지는 것은 어쩔 수 없다. 더구나 그녀의 일기는 국정원 팀장의 말대로 연구 노트도 겸하고 있었다. 정확히는 일기를 쓰는 도중에 연구 아이디어가 생각나면 그날 있었던 일 따위는 깡그리 잊어버린 채 아이디어를 끊임없이 적어내려가는 식이었다. 그런 부분은 전문용어와 숫자가 난무하는데다 글씨마저 흘림체다.

하지만 그녀의 일기는 그런 어려움을 극복할 만큼의 재미를 가지고 있다. 보존 및 사생활 보호를 위하여 일기의 열람은 박물관장의 허가가 필요한 사항으로 하고 있다. 사라진 일기를 제외하고, 현재 남아 있는 그녀의 일기와 가장 가까운 사람은 바로 나다.

나에게는 염진태 박사도, 그의 아버지인 염정일 사장도, 그녀의 스승인 팽석학 교수도 실존 인물이라기보다 이야기 속 등장인물에 가깝다. 그러므로 그들은 나를 모르지만 나는 그들을 잘 안다. 적어도 그녀의 눈에 비친 그들이 어떠한지 나만큼 잘 아는 사람은 없다.

그녀가 유령을 언급하는 대목은 내가 일기에서 가장 좋아하는 부분이다. 그 부분을 읽기 전까지 나는 단 한 번도 천재나 운명이라는 말을 이해해본 적이 없었다. 하지만 그 부분을 처음으로 읽었을 때, 나는 천재가 무엇인지, 그들이 세상을 어떻게 보는지 비로소 알 수 있었다. 천재란 다름 아닌, 다른 사람에게 보이지 않는 것을 보는 사람이다.

인생의 첫번째 위기 이후 불확실성에 대한 공포를 조금씩 이겨
내고 있던 그녀는 좀더 확실한 운명의 파도를 느끼게 된다. 물론
세상에는 커다란 행운이 될 사건이었다.

중학교 2학년 여름, 그녀는 방학 숙제를 위해 같은 반 친구들과
박물관을 방문했다. 한 친구가 이집트 피라미드 유물전을 하고 있
는 특별 전시실만 얼른 들렀다가 떡볶이를 먹으러 가자고 말했고
다들 동의하는 분위기였다. 그녀 역시 특별 전시실 입구에 도착하
기 전까지는 이집트 유물로 숙제를 하면 되겠다고 생각했다. 전시
실 입구가 그녀와 비슷한 처지의 학생들과 그들의 부모들로 북적
이지만 않았다면 그녀는 이후 다른 삶을 살았을지도 모른다.

그녀는 사람이 많은 곳을 좋아하지 않았다. 그렇다고 그런 성향을 대놓고 드러내는 편은 아니었다. 그렇지만 그날은 왠지 그렇게 하고 싶었다. 그녀답지 않은 모호한 표현이었지만 나는 무슨 말인지 바로 이해할 수 있었다. 산에서 어떤 결정은 그런 식으로 이루어진다. 왠지 그렇게 하고 싶어진다. 많은 사람들은 이것을 고산병 탓이라고 하지만 나는 악령의 속삭임이라고 부른다. 그녀는 박물관에서 악령의 속삭임을 들었던 것이다.

그녀의 일기를 읽으면서 나는 종종 결론이 나지 않을 질문에 대해 생각했다. 천재성이란 발휘되는 편이 좋을까, 아니면 영원히 잠들어 있는 편이 좋을까.

친구들과 한 시간 뒤 만나기로 하고 그녀는 한적한 본 전시실로 향했다. 그녀는 책을 훑듯 선사시대부터 고려시대까지 시간순으로 이어지는 전시관을 지나쳤다. 화려한 금관이나 거대 불상 같은 유물에 별 흥미를 느끼지 못했기 때문이었다. 그녀는 그저 조용히 있고 싶었다. 그러다 조선시대 전시실에서 걸음을 멈추게 하는 유물을 발견했다.

과거 암행어사들은 놋쇠로 만든 유척을 지니고 다녔다. 세금의 양을 검사하거나 형구의 크기를 재는 데 쓰는 일종의 금속 자였다. 예를 들면 유척으로 됫박의 크기를 재었을 때 나라에서 정한 것보다 큰 경우, 늘어난 부피만큼의 쌀을 탐관오리가 착복하고 있다는 증거가 된다. 곤장 등의 형구도 마찬가지다. 유척을 통해 형구의 크기를 검사함으로써 법이 정한 것 이상의 엄한 형벌을 받지 않도록 감독했다.

어둑한 배경 위 희미한 조명. 그리고 장막이 쳐진 듯 한결 잦아든 소음. 처음에 그녀는 유척이 어둠 속에 둥실 떠올라 있는 줄 알았다. 그래서 주저 없이 유척이 놓인 유리관을 향해 손을 뻗었다.

그 순간 유척 주변으로 눈에 보여서는 안 될 것들이 보였다. 탐관오리에게 유척을 빼앗기고 유명을 달리한 암행어사, 규정보다 두 배는 큰 곤장에 맞아 죽은 이름 모를 민초, 놋쇠를 담금질하고 눈금을 새겨 정성껏 유척을 만들었으나 규격에서 벗어났다는 모함을 받은 장인 들이 유령처럼 맴돌고 있었다.

그녀의 눈에는 그들의 모습과 그 모든 서사가 함께 보였다. 어찌된 영문인지 알 수 없었지만 국민학교 2학년 때 본 한없이 커지던 눈금과 눈앞의 원혼들이 같은 존재라는 것만은 분명히 알 수 있었다. 그러나 그녀는 더이상 그 존재들이 두렵지 않았다. 센티미터와 밀리미터, 필요하다면 나노미터 같은 단위로 측정해 하나씩 차분히 다독일 수 있으리라는 생각이 들었다. 제아무리 유령이 늘어난다 해도 멈추지만 않는다면, 끝내는 모든 유령들에게 이름을 붙여줄 수 있으리라고.

"통제하지 못해서 두려운 거라고 결론을 내렸어요. 통제하지 못하면 내가 통제당하는 거라고요. 그렇다면 완전히 통제해보자고 결심했습니다. 포기하지 않는다면 끝의 끝의 끝까지 갈 수 있으리라는 생각이 들었어요."

어떤 계기로 측정 일을 시작하게 됐느냐고 물었을 때, 그녀는 국민학교 때 경험한 그 공포에 대해 설명해주었다. 그것은 산을 오를 때의 공포와, 또 산 그 자체와 닮아 있었다.

"그때는 그게 얼마나 엄청난 작업인지 몰랐죠. 기초 지식도 없었고, 멘토로 삼을 만한 사람도 없었고요."

그날 박물관에서 그녀는 태어나 처음으로 혼자가 아님을 알게 되었다. 손바닥 아래의 유리가 차가워졌다가 뜨거워졌다가 다시 차가워지며 인물들의 이야기를 전해주었다. 이윽고 직원이 제지할 때까지 그녀는 그대로 서서 눈물을 글썽였다.

그녀가 측정을 자신의 운명으로 받아들이게 된 날이었다. 한 시간 뒤 친구들과 다시 만났는지, 떡볶이를 먹으러 갔는지, 심지어 어떻게 집에 돌아왔는지도 기억이 나지 않는다고 그녀는 일기에 썼다.

그녀를 안 뒤 나는 천재가 어떤 사람인지 이해하게 되었지만 동시에 그 말이 싫어졌다. 천재가 말 그대로 하늘이 내린 재능이라면 그것은 인간이 감당할 수 있는 성질의 것이 아니기 때문이다.

하늘은 천재를 도구로 여기고 마구잡이로 다룬다. 과거 천재라고 불렸던 많은 인물들이 어떠한 비극 속에 살다 갔는지 안다면 다들 이해하리라 생각한다.

어쨌든 한 천재가 자신의 운명을 받아들였다고 해서 미래가 자동문처럼 열리지는 않았다. 21세기를 맞이하던 해에 그녀는 고등학교에 입학한 학생일 뿐이었다. 그 시절을 모르는 독자를 위해 설명하자면, 대한민국 최초의 초고속 인터넷 통신망인 두루넷이 인터넷 서비스를 시작한 때가 1998년 말이다. 그녀가 고등학교에 다니던 내내 그녀의 부모님은 학업을 이유로 집에 인터넷을 설치하지 않았다. 요즘처럼 학습에 인터넷을 사용하던 시절이 아니었다. 요컨대 그녀는 정보 부족에 시달렸다.

마땅한 측정 도구도 없었다. 그녀가 가진 길이 측정 도구라면 국민학생 때부터 사용한 15센티미터짜리 자, 거실 서랍에서 굴러다니던 30센티미터짜리 자, 잡아 빼서 쓸 수 있는 3미터짜리 자동줄자가 전부였다.

다른 측정 도구는 더 빈약했다. 온 집안을 뒤져도 테이블스푼과 티스푼, 계량컵, 체중계, 각도기, 체온계 외에는 마땅한 것이 없었다. 그녀는 용돈을 모아 측정 도구를 사기로 결심했지만 막상 그것들 외에 어떤 측정 도구가 있는지조차 모른다는 사실을 깨달았다. 그녀가 도서관에 틀어박히게 된 것은 이 때문이었다.

책 속에는 측정을 향한 새로운 세계가 있었다. 이를테면 천문학이 그랬다. 구립 도서관에서 찾아낸 낡은 천문학 책은 일상에서와는 다른 단위를 다루고 있었다. 광년은 그나마 익숙했지만 천문단위AU는 처음 들어보는 것이었다.

그때까지 그녀에게 단위란 환산이 가능한 것이었다. 1센티미터는 10밀리미터, 100센티미터는 1미터, 100,000센티미터는 1킬로미터. 실제로 만지거나 그릴 수 있는, 또는 머릿속으로 상상할 수 있는 세계였다. 천문학은 그녀에게 새로운 세계를 보여주었다. 그녀는 수학 문제집을 펼쳐놓고 실제로는 천문학의 단위를 이용해 계산하는 일에 열중했다. 지금껏 본 적도 없는 커다란 수에 감탄하느라 도서관이라는 것도 잊고 큰 소리를 냈다가 서둘러 숨을 삼킨 적도 있었다. 조용히 해달라는 쪽지를 받기도 여러 번이었다.

광년이란 빛이 진공상태에서 일 년 동안 이동하는 거리를 나타내는 단위이다. 이렇게 다듬어진 문장만을 보면 그녀가 느낀 무시무시함을 체감하기 어렵다. 나 역시 처음에는 그랬으므로. 그녀가 고등학교 때 한 계산 중 가장 기초적인 것을 예로 들어보겠다.

지금까지 알려진 가장 정확한 측정 방법에 따르면 빛이 진공상태에서 일 초 동안 이동하는 거리는 약 299,792,458미터다. 그러므로 빛은 일 분이면 약 17,987,547,480미터, 한 시간이면 약 1,079,252,848,800미터, 하루에는 약 25,902,068,371,200미터를 멈추지 않고 이동한다. 여기에 365를 곱하면 1광년이 얼마만큼의 거리인지 알 수 있다. 9,454,254,955,488,000미터, 킬로미터로 환산하면 1광년은 약 9,454,254,955,488킬로미터다. 앞의 수치를 소리 내어 읽어보자. 빛은 진공상태에서 일 년에 구조 사천오백 사십이억 오천사백구십오만 오천사백팔십팔 킬로미터만큼 이동한다.

천문학 책에는 우리은하에서 가장 가까운 은하가 안드로메다은 하라고 나와 있었다. 두 은하 사이의 거리는 약 2,500,000광년. 다시 킬로미터로 환산하면 약 23,635,637,388,720,000,000킬로미터다(그녀는 계산기를 사용하지 않고 손으로 계산하고 또 검산했다). 앞의 숫자 역시 소리 내어 읽어보자. 약 이천삼백육십삼경 오천육백삼십칠조 삼천팔백팔십칠억 이천만 킬로미터. 시속 100킬로미터로 달리는 자동차를 타고 가면 이십삼경 육천삼백오십육조 삼천칠백삼십팔억 팔천칠백이십만 시간, 구천팔백사십팔조 천팔백이십이억 사천오백삼십만 일, 이백육십구조 팔천팔백삼십이억 천 이백이십만 년이 걸리는 거리다.

(당시 그녀는 아인슈타인의 상대성이론에 관해 아는 바가 없었기에 계산에 고려할 수 없었다. 예전에 그녀가 로켓을 타고 안드로메다은하까지 갈 경우 시간이 얼마나 걸리는지 설명해준 적이 있다. 물론 그때는 상대성이론을 적용한 계산이었다. 그녀는 움직

이는 동안 관측자의 위치에 따라 시간과 공간이 달라지며 심지어 로켓의 길이까지 변한다고 설명했지만 나는 여전히 그 말을 이해하지 못하고 있다. 그러므로 어설픈 설명을 붙이려는 시도는 하지 않으려 한다.)

한동안 거대한 숫자들이 그녀의 일기장을 점령했다. 다만 오래 가지는 않았다. 인지할 수 있는 범위를 초월하는, 아득하게 큰 수치 앞에는 늘 '약' 또는 '대략'과 같은 단어가 따라다니기 때문이었다. 그녀에게는 수치 앞에 붙는 그 단어가 항상 거추장스러웠다. 서울 시내 도서관을 뒤져 천문학 서적을 샅샅이 읽었으나 그 단어를 없앨 방법은 마땅히 떠오르지 않았다. '약' 또는 '대략'과 같은 말이 붙는 이유는 우리 우주가 팽창하고 있기 때문이다. 그러므로 대부분의 천체는 지구에서 점점 멀어지고 있다. 반면 우주의 팽창에도 불구하고 우리은하와 안드로메다은하는 조금씩 가까워지고 있다. 이런 다양한 움직임이 때로는 우주의 경로를 매우 불규칙하게 수정하기 때문에 천문학이 제시하는 수치란 불확정적일 수밖에 없다.

게다가 지금의 기술로 인간은 우주를 한눈에 관찰할 수 없다. 현재까지 만들어진 어떤 망원경을 이용해도 마찬가지다. 그러므로 인간은 우주라는 개념조차 확정할 수 없다. 확정할 수 없는 대상은 측정할 수 없고, 측정할 수 없는 대상은 정의할 수 없다.

"엄밀히 말해서 천문학 단위는 측정이나 측량의 단위라고 보기 어려워요. 광년이나 천문단위 같은 것들은 묶음에 가깝다고 생각해요. 인간은 우주를 잴 수 없어요. 그저 크게 모아서 세는 거죠. 한 묶음 두 묶음, 또는 한 뼘 두 뼘, 이런 식으로요."

인간은 거대한 것에 끌린다. 해발고도가 300미터인 동산에 오르는 것보다 8,848미터 높이의 에베레스트에 오르고 싶어한다. 지구 최초의 생명체인 원핵생물보다 땅을 쿵쿵 울리며 달리는 티라노사우루스에 끌린다. 같은 공룡이라도 덩치가 클수록 인기가 높아진다.

그녀는 반대로 가기로 했다. 이유는 어디에도 설명되어 있지 않지만, 그녀가 5센티미터 길이의 선분을 긋기 위해 애썼던 것이나 유적 주위를 떠돌던 원혼들을 어떻게 생각했는지 떠올리면 금방 고개를 끄덕이게 된다. 그녀는 측정되지 못한 채 버려지는 것들을 포기하지 않기로 마음먹은 것이었다. 그런 그녀가 대략이라는 말을 용납할 수 없었음은 당연하다.

"흔히 우리은하와 가장 가까운 은하를 안드로메다은하라고 하죠. 사실 그건 엄밀히 말해 틀린 이야기예요. 우리은하와 안드로메다은하 사이에 왜소 은하들이 있거든요, 마젤란은하 같은. 작아도 은하는 은하죠."

작아도 은하는 은하다. 어떤 말보다 그녀의 가치관을 잘 드러내는 말이라고 생각한다. 작은 것은 유령이다. 왜냐하면 제대로 측정할 수 없기 때문이다. 또한 큰 것도 유령이다. 왜냐하면 제대로 측정할 수 없기 때문이다.

그러므로 작은 것과 큰 것은 같다.

일기장은 곧 작은 단위의 숫자들로 가득차게 됐다.

물의 특징을 지닌 가장 작은 단위인 물분자를 쪼개면 수소 원자 두 개와 산소 원자 하나를 얻을 수 있다. 우주 만물을 구성하는 가장 기본단위인 원자의 크기는 약 10^{-10}미터다. 그녀는 지금까지 해온 대로 그 숫자들을 일기장에 풀어 썼다.

10,000,000,000분의 1미터 = 10,000,000분의 1밀리미터 =
10,000분의 1마이크로미터 = 10분의 1나노미터

이 모든 단위가 호환된다니 얼마나 아름답고 신비로운가. 그녀는 그날 밤 세상을 움직이는 아주 조그마한 톱니바퀴들이 맞물리며 돌아가는 광경을 현미경으로 하염없이 바라보는 꿈을 꾸었다.

행복한 시간은 길지 않았다. 플랑크 단위를 알아보기 위해 물리학을 기웃거리다 하이젠베르크를 만난 것이 실수였다. 그에 따르면 인간이 무언가를 관찰하기 위해서는 빛이 필요하다. 빛이 없으면 우리는 아무것도 볼 수 없다. 본다는 것은 사물에 닿았다가 튕겨져나온 빛 알갱이가 우리 눈에 도달하면서 생기는 현상이다. 그런데 아무리 빛 알갱이를 섬세하게 쏘아도 크기가 약 10,000,000,000분의 1미터에 불과한 원자 알갱이는 빛이 닿으면 튕겨져나가고 만다. 우리가 원자의 위치를 관찰했다고 확신하는 순간 원자는 이미 그 자리에 없다. 그러므로 이 드넓은 우주에서 우리가 측정할 수 있는 원자는 단 한 개도 존재하지 않는 것이다. 미시 세계 역시 초거시 세계와 마찬가지로 대략이라는 부사를 붙이지 않고서는 위치도 속도도 표현할 수 없었다.

하지만 그녀는 물러서지 않았다. 용감하게 상황에 부딪치기로 다짐했다. 초거시 세계에도 미시 세계에도 함정이 있다면 그녀에게는 손에 잡히는 인간의 세상이 있었다. 실습. 국민학교 2학년 때를 떠올린 그녀는 처음으로 돌아가 빛의 굴절 현상을 극복하고 밀리미터 이하를 측정할 수 있는 독자적인 도구를 만들어보기로 결심했다. 당시 그녀의 일기장에는 온갖 방법으로 온갖 물건을 측정한 결괏값이 가득 적혀 있다. 그녀는 센티미터나 밀리미터는 물론 피트나 인치, 큐빗cubit이나 야드yard, 척尺이나 간間 등을 이용해 자를 만들기도 했다(신체를 기준으로 한 단위들의 경우 고정된 표준이 없는 까닭에 그녀는 여러 버전의 자를 만들어야 했다. 그녀가 생애 최초로 국제 표준 도량형의 필요성에 도달한 순간이었다. 누구의 도움도 없이!).

그녀의 사촌오빠 중에는 건축공학과 출신이 있었다. 처음에 그녀는 이 사실을 대수롭지 않게 여겼다. 고등학교 3학년이 되던 해의 설날, 운명처럼 그의 책상에 놓인 T자 모양의 자를 보기 전까지는 그랬다.

그 자는 책상이든 창문이든 쟁반이든 직각 형태의 물건이라면 시작점을 고민하지 않고 측정할 수 있게 해줬다. 측정할 물건의 직각 부분에 T자의 직각 부분을 밀착하는 것만으로, 그녀를 패닉에 빠뜨렸던 문제를 완벽히 해결해준 멋진 물건이었다(물론 측정에 한해서였다. 선을 그을 때 나머지 한쪽 점을 어디에 두어야 하는지의 문제는 여전히 남아 있었는데, 그녀는 설 연휴가 끝나자마자 T자 두 개를 볼트와 너트로 연결함으로써 이 문제를 직접 해결했다).

눈을 반짝이는 그녀에게 사촌오빠는 뽐내듯 버니어캘리퍼스를 꺼내 보였다. 그건 알루미늄으로 된 아름다운 계측 기구였다. 영점을 맞추면 어미자와 아들자가 황홀할 정도의 협동심을 발휘해 물체의 길이와 두께, 심지어 물체에 뚫린 구멍의 지름까지 측정했다. 사촌오빠가 그것으로 들고 있던 머그컵의 바깥지름과 안지름을 측정하는 동안 그녀는 거의 눈물을 흘릴 뻔했다. 그녀는 그가 알려준 방법대로 바로 책상의 두께를 측정했다. 13.79밀리미터. 그러니까 소수점 아래 두 자리까지 측정할 수 있는 것이었다. 소수점 아래 두 자리라니! 밀리미터보다 짧은 길이를 소수점 아래 두 자리까지 측정하는 방법, 아홉 살의 그녀를 절망에 빠뜨렸던 문제 중 하나가 십 년 가까운 시간이 지나 처음으로 해결의 실마리를 보인 것이었다.

그녀는 그날 본 측정 도구들을 당장 손에 넣고 싶었다. 생애 처음으로 대학에 가야겠다는 생각이 든 순간이었다. 그녀는 대학 입시를 준비하기로 마음먹었지만 지금까지 읽은 천문학이나 물리학 책은 성적에 큰 도움이 되지 않았다. 온갖 자를 사용해 온갖 물건의 크기를 재어본 경험 역시 도움이 되지 않기는 마찬가지였다. 그래도 그녀는 포기하지 않았다. 대학에 가겠다는 의지를 다지기 위해 스스로에게 선물을 하기로 했다. 사촌오빠가 학교에서 쓴다고 했던 0.3밀리미터 제도용 샤프펜슬이었다. 그 샤프로는 지금껏 사용했던 그 어떤 필기도구보다 세밀한 점을 찍을 수 있었다. '진정한 5센티미터를 향한 '진정한' 한 걸음을 내디딘 날.' 그녀는 그날 일기에 이렇게 적었다.

얼마 뒤 그녀의 책상 위에는 '○○대학 건축학과'라는 메모가 붙었다. 하지만 일찍이 인생의 업을 정해놓고도 대학 입시에는 별 뜻을 두지 않았던 그녀였다. 대학 진학이라는 목표가 생겼다고 해서 성적이 갑자기 오를 리 없었다. 그녀는 담임선생과의 진로 상담에서 건축학과에 가려는 이유가 측정을 하고 싶기 때문이라고 말했고, 그 의미를 제대로 이해하지 못한 담임은 몇몇 전문대학의 회계학과를 권했다.

회계학과에서도 원하는 측정을 할 수 있으리라 생각한 그녀는 담임이 권하는 대로 한 전문대학의 회계학과에 진학했다. 그리고 전공 수업을 듣자마자 크게 후회했다. 그녀는 오로지 방학만을 기다리며 학기를 견뎠다. 후회가 밀려올 때마다 0.3밀리미터 샤프로 회계 문제를 풀며 겨우 달랬다. 그녀는 회계에 대해 전혀 몰랐고 담임은 측정에 대해 전혀 몰랐기에 벌어진 일이었다. 당연히 그녀는 학교생활에도 잘 적응하지 못했다.

"좀 특이한 애였어요. 무슨 교양 수업 때 조별 과제를 해야 했는데, 그 수업에 회계과는 우리 둘밖에 없어서 좀 친해졌죠. 걔가 솔

선수범하는 스타일이라 같은 조원 입장에서 솔직히 엄청 편하고 좋긴 했어요. 하루는 제가 커피라도 쏘려고 학교 밖으로 데리고 나갔었거든요. 저희 학교 앞에 막 스타벅스가 새로 생겼을 때라. 그런데 가는 길에 가방 하나가 제 눈에 딱 들어온 거예요. 안 그래도 학교에 가지고 다닐 만한 가방이 필요했는데, 사이즈도 A4 용지를 넣기에 좋을 것 같고, 가게 아저씨도 A4 용지는 넉넉히 들어간다 하고요. 제가 살까? 하고 물었더니 걔가 고개를 갸우뚱하더라고요. 그러더니 갑자기 가방에서 자를 꺼내 사이즈를 재는 거예요. 그러고 나서 한다는 말이, 위쪽으로 0.7센티미터 튀어나오는데 괜찮아? 가로 길이도 꽉 껴서 A4 파일은 안 들어갈걸? 그러는데, 아니 자를 들고 다니는 건 그렇다 쳐도 A4 용지 사이즈를 외운다는 거잖아요? 1도 아니고 0.7은 뭐지? 지금 생각해보면 그애는 저희랑 다른 세상에 있었던 것 같아요. 왜 떡잎부터……"

(이상은 그녀가 유명해지고 나서의 인터뷰임을 유념해야 한다.)

그렇다고 그녀가 대학 시절 내내 발전 없이 움츠려 있기만 한 건 아니었다. 첫 아르바이트 월급으로 그녀는 레이저를 이용한 디지털 자와 염원하던 버니어캘리퍼스를 샀다. 원래는 버니어캘리퍼스만 살 예정이었다. 이를 개량해 밀리미터 단위 소수점 아래 네 자리까지 측정 가능한 도구를 만들겠다는 꿈을 키워가던 무렵

이었다.

바야흐로 온갖 단어에 디지털이라는 말을 붙이던 시기였다. 세계가 목놓아 디지털을 부르짖고 있었다. 그렇다고 해서 계획에 없던 레이저 디지털 자까지 산 까닭이 그녀가 유행에 휩쓸리는 성격이라서는 아니었다. 가장 큰 이유는 일단, 거부감에 끌리기도 하는 일종의 호기심이었다.

레이저를 이용한 디지털 자라니, 이상한 물건이었다. 1미터의 길이가 정확히 얼마만큼인지 확립되어 있기에 비로소 우리는 빛의 속도가 초속 약 299,792,458미터라고 말할 수 있다. 그런데 레이저 자는 빛의 속도가 일정하다는 점을 역으로 이용해 길이를 잰다고 했다. 그걸 사용하는 것은 마치,

약하다 각오나 의지 따위가 굳지 못하고 여리다

여리다 단단하거나 질기지 않아 부드럽거나 약하다

약하다는 말을 이해하려면 여리다는 말을 알아야 하고 여리다는 말을 이해하려면 약하다는 말을 알아야 하는 것처럼 뫼비우스의 띠에 제 발로 걸어들어가는 꼴이었다. 인간은 불확실성을 끊어내기 위해 측정을 필요로 하면서 정작 손에는 원리를 알 수 없는 도구를 들고 있었다.

하지만 그녀는 직접 사용하다보면 순환 논리 같은 디지털 자의 작동 원리를 이해할 수 있을지도 모른다고 생각했다. 자신이 뫼비우스의 띠를 탈출하는 방법을 알아내는 상상도 했다. 그리고 어쨌든 레이저 자는 궁극의 도구였다. 시작점도 끝점도 온도도 습도도 기압도 굴절 현상도 고민할 필요 없는, 완벽한 5센티미터를 구현하기 위해 그녀가 상상할 수 있던 모든 조건을 갖추고 있었다. 거인의 어깨에 올라서서 본다는 말도 있지 않던가. 그러니 일단 그 장비에 올라서서 소수점 아래 세 자리 그리고 또 네 자리 너머를 바라보기로 했다(그녀가 구입한 디지털 자는 소수점 아래 두 자리까지 표시되는 제품이었다).

그렇게 그녀는 인생 최초의 정밀 도구를 손에 넣었다.

측정 말고 도구. 당시의 일기를 살펴보면 차츰 도구 제작에 흥미를 느끼는 그녀의 모습이 보인다. 그녀는 더 정확하고 세밀한 측정을 위해 기상천외한 아이디어들을 떠올렸다. 얼토당토않은 것이 상당하지만 어쨌든 일기장에는 그녀가 고안한 도구들의 도면이 가득하다. 나로서는 어떻게 사용하는지 짐작도 되지 않는 것들이지만 보고 있으면 어쩐지 귀엽고 아기자기하다.

그녀는 오차 범위가 극히 적은 기계를 다루는 정밀기계 업계에서 일하고 싶어했다. 하지만 갓 대학을 졸업한 그녀를 받아주는 회사는 없었다. 당시만 해도 건축업계나 측량업계에서 여성은 드물었다. 그녀가 경리로서 일을 시작하게 된 까닭도 이런 배경과 무관하지 않다. 원하는 직무는 아니었어도 그녀는 첫 직장인 소확행전기에 만족하는 편이었다.

당시 이어폰과 미니 선풍기, 미니 스토브, MP3 플레이어 등을 만들던 소확행전기는 가족이 경영하는 아주 작은 규모의 회사였다. 소확행전기의 대표와 그 일가족은 기록광이라는 점에서 그녀와 공통점을 가지고 있었다. 다만 기획과 제작 외에 마케팅이나 재무 등 회사 운영에 대해서는 영 서툴렀다.

비즈니스에서 성공한 많은 이들이 그 비결로 해당 분야에 대한 관심을 꼽곤 한다. 그녀의 경우도 마찬가지였다. 그녀는 경리 업무를 넘어 제품 개발과 판매에도 적극적으로 참여했다. 소확행전기가 작은 회사였기 때문에 할 수 있는 일, 혹은 해야만 하는 일이었다. 어쨌든 그녀는 입사 후 얼마 되지 않아 소확행전기의 제품들을 통일된 콘셉트 아래 다시 디자인하는 작업에 착수했다. 일기장을 도면으로 가득 메우며 어설프게나마 디자인 연습을 한 경험덕에 소확행전기의 리디자인은 업계와 소비자들로부터 호평을 받았고, 연말에 굿 디자인 마크까지 따내는 초대박을 침으로써 바로 그 유명한 소수점 아래 열두 자리 체중계 제작의 발판을 마련했다.

많은 성공 사례의 시작이 그러하듯 대표를 포함한 임직원은 그녀의 열두 자리 체중계 기획에 반대했다. 아무도 자신의 체중을 소수점 아래 열두 자리까지 알고 싶어하지 않을 것이고, 그런 정밀한 체중계를 실제로 구현하는 건 불가능할 것이기 때문이었다. 결과는, 우리 모두 알고 있는 그대로이다. 열두 자리 체중계는 전화위복 그 자체였다.

알다시피 열두 자리 체중계는 소확행전기와 극한정밀의 공동 프로젝트였다. 그녀와 극한정밀의 인연은 한참 전에 시작되었다.

소확행전기에 입사하기 전, 극한정밀에 지원했던 그녀는 면접 자리에서 만난 염정일 사장, 즉 미래의 시아버지에게 면박을 받았다. 구체적으로 무슨 이야기가 오갔는지는 알 수 없다. 염사장은 기억나지 않는다고 말했으며 그녀는 그날 일기에 석 줄도 안 되는 짧은 문장만 남겼기 때문이다. 그마저도 쓰다 만 글자 위로 길고 짧은 선들이 그어져 있어 내용을 알아볼 수 없다.

한 언론사에서 당시 그녀와 함께 면접을 봤던 사람에게 연락한 적이 있다. 면접을 통과해 극한정밀에 입사했지만 한 달 만에 그만두었다는 그는 너무 오래전인데다 별로 기억하고 싶지 않은 곳이라 할말이 없다며 인터뷰를 거절했다고 한다.

이 정도면 염사장의 성격을 추측하기에 충분할지 모르겠다. 이름을 밝히지 말아달라고 한 업계의 한 관계자에 따르면 극한정밀은 길이든 무게든 잘 '재지' 못했다면 말 그대로 사장될 회사였다고 한다. 이 코멘트에서 우리는 어째서 그녀가 열두 자리 체중계를 개발하기 위한 파트너로 극한정밀을 택했는지 이해할 수 있다. 염사장이 면접에서 면박을 주는 과격한 인물이든, 혹은 채용한 달 만에 신입사원이 도망칠 정도로 엄격한 인물이든 그녀에게는 중요하지 않았다. 앞의 관계자의 말을 다시 인용하자면 염사장은 '그런 성격임에도 불구하고 살아남을 정도로 잘 재는 사람'이었다.

아직도 많은 사람들이 그녀의 실종 직후 방송되었던 시사 프로그램을 기억하고 있을 것이다. 실종 그 자체보다는 그녀와 염박사, 염사장과의 관계에 집중한 프로그램이었다. 당시 사고 현장에 취재진의 접근이 일절 금지된 바람에 방송국으로서는 어쩔 수 없는 선택이긴 했다.

문제는 마치 실종의 배후에 염 부자父子가 있다는 듯한 뉘앙스를 풍긴 것이었다. 방송 이후 수많은 취재진이 두 사람을 찾아가 인터뷰를 요청했으나, 결국 한마디도 들을 수 없었다. 입을 꾹 다물고 있는 건 찔리는 것이 있기 때문이라는 쪽으로 여론이 모였다. 대중들의 수많은 억측까지 더해졌지만 두 사람은 입을 열지 않았다. 염박사는 나와 금요숲이 출연한 다큐멘터리에도 나오지 않았다.

그가 왜 변명하지 않았는지 이유는 알지 못한다. 그러나 모든 것에는 오차가 있다. 측정도 인간의 말도 마찬가지이다. 어쩌면 염박사는 오차를 내지 않기 위해 애초에 입을 다물기를 선택했을 수도 있다. 그렇다면 왜 나와는 만난 것일까. 그저 금요숲이 위험한 인물일 수도 있다는 경고를 주기 위해서였을까.

언젠가 나는 그녀에게 물었었다. 산이 내 유일한 친구이듯, 측정이 당신에겐 그러한 의미냐고. 그녀는 웃으며 말했다.

"저한테도 친구는 딱 하나예요. 그렇지만 측정은 아니에요. 측정은 저에게 인생 그 자체니까요. 제 유일한 친구는 다행히도 사람이죠. 남편은 친구보다는 동지 같았어요. 오차를 보정하는 방법으로 A가 좋을지 B가 좋을지 의견을 구할 수 있었죠. 분야는 다르지만요. 그렇지만 친구와는 달라요. 저는 친구와 미터니 센티미터니 하는 이야기는 안 하거든요. 그녀는 엑소 멤버 중에 누가 제일 잘생겼는지 묻죠. 덕분에 멤버들의 얼굴과 이름을 모두 외웠다니까요. 또 그녀는 저한테 좋은 음악과 영화를 추천해주기도 하죠. 만달레이에서 제일 예쁜 카페가 어디인지 알려주고 귀여운 고양이 사진을 보내주기도 해요. 우리는 둘이서 질리도록 햄버거를 먹으면서 햄버거와 가장 잘 어울리는 음료가 밀크셰이크인지 콜라인지를 가지고 싸워요. 이런 이야기를 할 수 있는 건 친구밖에 없잖아요?"

소확행전기와 극한정밀이 기술제휴를 맺고 한 달 정도 뒤에, 그녀는 염사장을 누구보다 선을 지키고자 노력하는 사람이라고 평가했다. 그녀의 일기를 인용하면 다음과 같다.

사장님의 선은 섬세하고 까마득한 고차원에 있기 때문에 사람들에게 쉽게 이해받지 못한다. 사장님은 무단으로 선을 넘어오는 사람들을 모두 지워버려야만 살 수 있는 사람인 것 같다. 잘은 모르지만 내가 친구가 없는 것과 비슷하지 않을까.

그녀가 말하는 염사장의 선이라는 것이 무엇인지 나는 잘 모르겠다. 다만 체중계 개발 당시 염사장이 그녀에게 요구한 사항을 보면 어렴풋하게나마 추측해볼 수 있다.

    1. 정밀 측정실의 온도는 항상 섭씨 20도를 유지하도록 한다. 오차가 0.05도를 넘어서는 안 된다.

    2. 체크 표에 있는 어떤 항목에도 오류가 있어서는 안 된다.

    3. 측정 및 가공이 끝난 뒤에는 즉시 사용한 모든 기구와 주변 환경을 청소한다.

    (이하 생략)

다시 열두 자리 체중계로 돌아가보자. 그전에도 정밀 저울은 존재했지만 그건 가정용이 아닌 실험용이었다. 그나마도 소수점 아래 두 자리 또는 세 자리짜리가 보편적이었다.

시판 저울은 소수점 아래 표시되는 숫자가 많아질수록 측정 가능한 최대 무게가 줄어드는 한계가 있었다. 가령 소수점 아래 세 자리까지 표시되는 저울의 경우 측정할 수 있는 최대 무게는 겨우 220그램 정도였다. 즉, 다양한 사람의 몸무게를 잴 수 있으면서 소수점 아래 세 자리 이하까지 표시하는 저울은 없었다.

상식적으로 생각해보면 당연할 수도 있다. 예를 들어 몸무게가 100킬로그램을 넘느냐 아니냐가 중요하지, 100.007킬로그램을 기준으로 삼지는 않지 않는가. 게다가 인간의 무의식은 50.3킬로그램과 50.5킬로그램을 동일하게 인식하는 경향이 있다.

"인간은 측정 대상에 따라 무의식적으로 생각하는 유효숫자와 단위가 달라요. 몸무게라면 500그램 정도를 기준으로 다르게 받아들이죠. 자동차는 대체로 100킬로그램 단위이고요. 2.7톤하고 2.5톤을 같다고 여기는 사람은 별로 없거든요."

요컨대 무게가 무거운 대상을 세밀하게 측정하는 저울이 세상에 나오지 않은 것은 단지 기술 구현이 어려워서라기보다 수요가 적으리라는 판단 탓이었다.

자신의 몸무게를 소수점 아래 열두 자리까지 알아야 할 필요가 있는가? 사람들은 그럴 필요가 없다고 생각했을 것이다. 아니다. 정정하자면 사람들은 그렇게 정밀한 무게에 대해 생각조차 해본적이 없었을 것이다. 앞에서 그녀가 말한 무의식적인 유효숫자와 단위 때문이었다. 무의식에 휘둘린 것은 측정 업계 최고의 깐깐함으로 유명했던 염사장조차 마찬가지였다.

염사장은 소수점 아래 다섯 자리 정도까지만 표시되면 추가적으로 기술 개발을 하지 않으면서도 충분히 새로운 체중계가 되리라고 말했다. 그러나 그녀는 물러서지 않고 소수점 아래 열두 자리까지 표시되어야 한다고 주장했다. 한 매체와의 인터뷰에서 밝힌 바에 따르면, 그녀가 고집을 부린 이유는 다름 아닌 변수 때문이었다.

모든 측정에는 변수가 개입한다. 몸무게도 마찬가지다. 몸무게란 질량을 가진 인간의 신체를 지구의 중력이 끌어당기는 정도를 말한다.

"우리는 흔히 몸무게를 킬로그램 단위로 표시하지만 사실은 킬로그램중, 킬로그램힘, 킬로그램포스라는 단위가 옳아요. 킬로그램은 질량의 단위고 킬로그램중은 무게의 단위거든요."

솔직히 나는 아직도 무게와 질량이 헷갈린다. 그렇지만 몸무게 측정에 개입하는 변수를 나열하는 정도는 할 수 있다.

너무나 당연해서 언급하는 게 이상하게 여겨질 수도 있겠지만, 첫번째 변수는 신체의 질량 그 자체다. 단순하게 말해 많이 먹으면 무거워지고 열량을 소모하면 가벼워진다. 그런데 여기에는 먹고 마시고 배설하는 것만 해당되지 않는다. 숨을 들이쉬면 질소와 산소 등이 섞인 여러 분자화합물이 호흡기를 통해 들어와 몸의 질량을 더한다. 숨을 뱉으면 이산화탄소가 빠져나간 만큼 몸의 질량이 줄어든다.

또다른 변수는 지구의 중력이다. 지구의 중력은 일정하지 않다. 많이들 알고 있듯 해발고도가 높아질수록 기압이 줄어든다. 지구의 중심에서 멀어질수록 지구가 공기를 끌어당기는 힘이 약해지기 때문이다. 그러나 해발고도와 관계없이 지구는 어떤 곳에서는 강하게, 어떤 곳에서는 약하게 우리를 잡아당기고 있다. 거기에 지구뿐 아니라 우리 주변의 의자와 책상과 컴퓨터 모니터와 텀블러와 옆자리 동료와 차창 너머 길가의 행인과 길고양이까지 질량을 과시하며 우리를 잡아당기고 있다. 달과 태양과 안드로메다은하도 마찬가지다. 단지 인간의 감각이 느끼지 못할 뿐, 중력이란 거리와 무관하게 작용하는 힘이기 때문이다.

질량의 변화를 막겠다고 제아무리 숨을 멈춘 채 체중계에 올라가더라도 건너편의 고양이가 한 걸음 사뿐 내디디면 소용없다. 우리와 고양이 사이의 중력이 달라진다. 남극의 펭귄이 날지 못하는 날개를 푸드덕거려도 마찬가지다.

변수를 통제할 수 없다면 모두 표현해야 한다. 이것이 그녀의 주장이었다. 체중계 개발 당시 그녀의 일기에서 비슷한 내용을 여러 번 찾을 수 있다.

세상 온갖 사물이 나를 끌어당긴다. 한편으로 우주공간은 점점 팽창하면서 세상과 나의 거리를 멀리 떼어놓는다. 시공간이 내 손끝에서 뻗어나간 중력장이라는 실에 매달려 있다. 나는 손가락에 온 신경을 집중해서 공간과 중력장이 서로 힘겨루기를 할 때 일어나는 모든 변화를 느껴보려고 한다. 계속 지켜보다보면 실의 움직임에 가속도가 붙어 점점 빨라지는 듯 여겨진다.

그러면 이상하게도 팽창하는 힘과 끌어당기는 힘이 하나처럼 느껴진다. 그저 모두 하나의 춤이 된다. 나조차도 춤의 일부가 되어 춤을 추고 있다. 춤을 추는 동안 나는 모든 것을 다 알고 있다. 그렇게 완전함을 깨닫는 순간 나는 다시 불확실한 존재가 되고 중력과 우주의 팽창은 분리된다. 다음에는 꼭 춤추는 동안 깨달았던 완전함에 대해 기록하겠다고 다짐하며 새로운 춤을 기다린다. 거기에는 영원한 수치들이 있다. 모든 변수가 채워지고 온전해진 우주가 있다. 나는 거기서 진짜 춤을 추고 싶다.

나중의 일이지만 그녀의 일기를 다룬 한 칼럼에서는 이 대목을 가리켜 심오한 철학의, 세상에서 가장 창대한 시작이라고 평가했다. 그녀 자신은 딱히 철학에 관심을 둔 적이 없었다. 나 역시 그렇기에 그녀의 이런 심도 있는 표현에 어떤 말을 덧붙여야 할지 잘 모르겠다. 다만 그녀는 오롯이 순수하고 진지했다. 그것을 우스꽝스럽다 여기는 사람도 분명 있을 테지만, 나는 그래서 그녀의 일기를 읽는 것이 좋다. 이 정도 덧붙이는 것이 나의 최선이다.

어쨌든 그녀는 일주일에 사흘은 극한정밀로, 사흘은 소화행전기로 출근하는 나날을 일 년 넘게 이어갔다. 프로젝트 초반 그녀의 주요 업무는 열두 자리 체중계의 존재 의의를 염사장에게 설득하는 일이었다. 그러니까, 업무 협약을 맺고 체중계를 만들기로 한 이후에도 말이다.

그녀는 앞서 언급한 염사장의 요구 사항들을 매번 정확히 지켜 냄으로써 염사장의 신뢰를 얻는 데 성공했다. 애초에 그런 믿음이 없었다면 움직이지 않았을 거라는 게 염사장을 아는 이들의 의견이었다.

가정용 체중계의 개발에 일 년 넘는 시간을 들이는 것은 이례적인 일이었다. 그녀의 집념이 이례적이었기에 가능한 일이었다. 그렇게 극한정밀이 개발하고 소확행전기가 제작한 열두 자리 체중계가 마침내 출시되었다.

열두 자리 체중계는 출시 초기 깔끔한 외관을 가진 프리미엄 제품으로 소소한 주목을 받았다. 다만 일반 체중계와의 차별점이 쉽게 드러나지 않아 '쓸데없이 비싼' 제품으로 낙인찍히기도 했다. 그러다 한 스포츠 스타가 방송에 나와 사용하면서 매출이 급속히 오르기 시작했다. 출시 후 일 년 반 정도가 지난 시점이었다.

마법 체중계. 제품에는 저절로 그런 별명이 붙었다. 그도 그럴 것이 열두 자리 체중계에는 신기한 기능이 있었다. 체중계와 함께 제공되던 리모컨(지금 출시되는 버전은 스마트폰 전용 앱으로 작동시킨다)을 이용하면 온갖 변수를 조정할 수 있었던 것이다.

가령 몸무게가 50.510294094831킬로그램중인 사람이 49킬로그램중의 몸무게를 원할 때, 어떤 변수를 조정해야 하는지 분석을 통해 알려주는 식이었다. 스포츠 스타는 체중계의 분석에 따라 호흡을 조절하고 주변의 물건과 방안의 온도를 조정했다. 힘들게 운동을 하지도 않았는데 몸무게가 줄어들었다. 열두 자리 체중계는 방송에 나오고 며칠 동안 실시간 검색어 1위를 차지했다. 몇몇 연예인들이 방송에 나와서 체중계의 성능을 검증하는 유행이 이어졌다. 결과가 어땠는지는 일 년 뒤 소확행전기가 코스닥에 입성한 사실만으로 충분히 설명되리라.

널리 알려진 바와 같이 열두 자리 체중계는 상업적으로 성공했을 뿐만 아니라 21세기 가장 혁신적인 대중 발명품 및 밀레니엄 히트 상품으로 선정되었다. 그런데 열두 자리 체중계의 시제품이 뉴욕 메트로폴리탄미술관에 전시되어 있다는 사실은 많은 사람들에게 알려지지 않은 듯하다. 그녀와 염사장이 만든 시제품은 우리가 열두 자리 체중계 하면 떠올리는 새하얗고 납작한 조약돌 모양이 아닌 투박한 철제 상자에 가깝다. 완제품이 충전식인 것과 달리 이 체중계는 220볼트의 전원 플러그를 연결해야 작동된다. 메트로폴리탄미술관은 일주일에 한 번, 한 시간 동안 체중계에 전원을 연결한다. 나는 이걸 보기 위해 뉴욕에 방문했었다.

체중계의 위쪽에는 온갖 변수를 나타내는 불규칙한 크기의 창이 들쭉날쭉 배열되어 있다. 심미성을 전혀 고려하지 않은, 단지 실용성만을 위한 디자인이다. 체중계에 아무런 물체가 올려져 있지 않은데도 창에 뜨는 숫자는 관람객을 불안하게 만들 정도로 자주 바뀐다. 산들바람에도 민감히 반응하는 온갖 센서가 가득 탑재된 탓이다. 초기 모델의 리모컨이나 최근의 스마트폰 앱이 깔끔하게 정리된 정보를 제공한다면, 시제품에 표시되는 변수의 정보는 측정자를 옥죄어 질식시킬 듯 어지럽다. 통제할 수 없는 이 모든 변수를 통제하려 하다니, 그녀는 얼마나 야심 찬 인물인가! 시제품을 보고 있자니 그녀 자체를 마주하고 있는 듯한 기분이 들었다. 어떤 분야에 광적인 천재성을 보이는 사람들이 그렇듯, 그녀에게는 인간을 압도하는 무언가가 있었다.

메트로폴리탄미술관은 열두 자리 체중계의 예술사적 의의에 대해 아래와 같이 설명한다.

존재는 그 흔들림에 의하여 유일하다. 우리는 불완전한 순간을 포착하여 더없이 완전하게 만드는 완벽한 사례로서 이 훌륭한 발명품을 제시한다.

참고로 우리 박물관은 특별전에 이 시제품을 전시하기 위해 메트로폴리탄미술관과 협상중이다. 이변이 없는 한 올해 안에 한국 관람객도 이 역사적인 시제품을 만날 수 있게 된다.

그러나, 역시 어떻게 될지는 잘 모르겠다. 그녀의 말처럼 온 우주가 춤을 추고 있다면 미래의 변수는커녕 현재의 변수조차 일일이 나열하는 것이 불가능하기 때문이다. 우주가 추는 춤 앞에서 그저 관중으로서 박수나 치는 정도가 나의 최선일 것이다.

체중계 개발을 제외하고서라도 염사장은 여러모로 그녀에게 은인이었다.

그녀는 열두 자리 체중계 출시를 성공적으로 이끈 후 소확행전기를 퇴사했다. 체중계를 개발하는 동안 염사장에게 배울 것이 많다는 것을 새삼스럽게 느꼈기 때문이었다. 그후 그녀는 극한정밀에서 아르바이트생으로 일했다. 이 문장을 경제적인 측면에서 다시 쓰자면, 월급이 크게 줄었으며 이를 벌충할 만한 보너스나 성과급을 기대할 수 없었다는 의미이다. 하지만 그녀의 일기를 읽어보면 업무에 대한 만족도는 전과 비교할 수 없이 높아졌다는 사실을 쉽게 알 수 있다. 공식적인 업무는 서류 정리였지만 그녀는 서

당개처럼 어깨너머로 계측 기술을 조금씩 익혔다. 그렇게 일 년 정도 지났을 때 염사장이 물었다.

"측정을 반복해서 해야 하는 이유가 뭐지?"

"측정 횟수가 많아질수록 우연오차가 거의 동일한 횟수로 나타나게 되어 오차가 상쇄되기 때문입니다."

염사장은 이어서 여러 개의 질문을 던졌다.

"좋아. 그럼 납의 열팽창계수는?"

"후크의 법칙을 설명해봐."

"아베의 원리는 뭐지?"

제대로 대답한 것은 첫 질문뿐이었다. 이후에도 쏟아지는 질문에 그녀는 어깨를 늘어뜨릴 수밖에 없었다.

"잘 들어. 자네가 가진 집념이라는 건 엄청난 재능이야. 그건 인정하지. 하지만 이 바닥에서 사인, 코사인도 제대로 알아듣지 못하는 사람을 받아줄 곳은 없어. 알겠나?"

염사장은 그녀에게 측정 공부를 제대로 배울 수 있도록 대학에 입학하라고 제안했다. 그녀는 권유대로 극한정밀에서 일하며 입시를 준비하기로 했다. 염사장의 아들, 염박사와 처음 만난 것도 이즈음이었다. 입시 학원에 다닐 형편이 되지 않았던 그녀를 위한 염사장의 배려였다.

이것뿐이 아니다. 그녀 인생의 첫번째 위기에 겪었던 문제를 어느 정도 해결해준 사람 역시 염사장이었다. 그러니까 국민학교 때의 5센티미터, 바로 그 유령의 문제 말이다.

"그런 걸 프로빙probing이라고 하는 거다."

극한정밀은 삼차원 측정기를 보유하고 있었다. 삼차원 측정기란 X, Y, Z 세 가지 좌표축을 따라 운동하는 측정점 검출기probe를 이용하여 피측정물의 위치, 거리, 윤곽, 형상을 측정하는 도구다.

"어느 지점에서 시작해서 어느 지점까지 측정할지를 결정해야 하는 거지. 얼마큼 정확히 프로빙하느냐, 그러니까 측정점을 얼마큼 세밀하고 정확하게 정하느냐에 따라서 측정의 질이 천차만별이야. 가령 접촉식 프로브를 쓴다고 했을 때……"

염사장의 설명에 따르면 제아무리 정밀한 프로빙 기술을 가지고 있거나 또는 기계식 현미경까지 부착된 삼차원 측정기를 사용하더라도 오차를 완전히 없앨 수는 없었다. 그러나 완벽히 없애지는 못하더라도 오차를 극적으로 줄일 수는 있었다. 그녀는 줄어든 오차를 보고 눈물을 꾹 참아야 했다. 줄어든 오차도 오차였지만 그건 세상 어딘가에 자신과 같은 고민을 하고 그 고민을 해결하기 위해 노력한 이들이 있다는 증거였기 때문이다. 외롭지 않을 수 있다면 그녀는 어디든 갈 수 있었다. 아니, 가야만 했다.

결혼 당시 염박사는 국내 유수 농업대학의 박사후연구원으로 근무중이었다. 본래 생물학을 전공하다 농학 쪽으로 진로를 바꾼 흔하지 않은 케이스였다. 이런 경력만을 보고서 그녀와 염박사가 정략결혼을 했다고 말하는 사람도 있다. 내가 보기에 두 사람의 결혼은 그저 햄버거용 납작 양상추가 탄생하기 위한 운명의 발판이었을 뿐이다. 염박사와 그녀 모두 애정 표현에 인색하기는 하지만, 어쨌든 연구에 미친 한 쌍의 연인에게는 정략이라는 말보다 로맨틱이라는 말이 더 잘 어울린다.

햄버거용 납작 양상추의 탄생은 우연한 일이 아니었다. 그녀가 언제부터 햄버거에 집착하기 시작했는지는 불분명하다. 어린 시절의 일기를 뒤져봐도 햄버거를 좋아한다거나 햄버거가 맛있었다는 내용은 찾을 수 없다. 대학 시절 그녀가 햄버거를 즐겨 먹었다는 증언은 꽤 있지만 교내에 햄버거집이 있었기 때문에, 즉 가까워서 자주 먹었으리라는 게 일반적인 해석이다. 그녀는 만학도라는 이미지에 걸맞은 대학 시절을 보냈다. 생활의 전부가 연구 아니면 실습이었다. 수면이나 식사, 통학 시간은 최대한으로 줄였다.

다만 결혼 전에 이미 그녀가 햄버거 자체에 관심을 가졌다는 사실은 자명하다. 대학 시절까지 언급되지 않던 햄버거라는 단어가 졸업 이후 높은 빈도로 등장하기 때문이다. 그녀는 프랜차이즈점의 햄버거를 즐겨 먹었다. 내용은 대수롭지 않다. '오늘은 롯데리아 불고기버거를 먹었다' '오늘 점심은 맘스터치 싸이버거였다' '맥도날드에서 신메뉴가 출시된다고 한다'와 같은 식이다.

일기에 양상추가 처음 언급된 것은 신혼여행 때다. 신혼여행지는 미국이었다. 부부는 맥도날드나 버거킹과 같은 세계적인 프랜차이즈 외에도 아직 한국에 지점을 열기 전이었던 쉐이크쉑, 파이브가이스, 인앤아웃버거 등의 매장을 방문했다. 그녀는 주위 사람들의 시선에도 아랑곳하지 않고 햄버거의 윗면, 아랫면, 측면 등을 촬영한 다음 디지털 자를 꺼내 크기까지 측정했다.

사족이지만 그 사진들 중에는 햄버거와 함께 염박사가 희미하게 찍힌 사진도 있다. 초점이 맞지 않는 흐릿한 얼굴에서 아내의 연구를 독려하는 듯한 미소를 볼 수 있다. 불행히도 우리 박물관은 개관 초기 특별전 때 신혼부부의 이 사랑스러운 사진을 전시할 수 없었다. 말했다시피 염박사가 자신의 사진을 사용하지 말라는 조건을 붙였기 때문이다. 나는 그에게 장문의 메일을 보냈지만 거절하겠다는 짧은 답장이 돌아왔다.

당시 그녀가 특히 주목한 버거 브랜드는 사각형 패티로 유명한 웬디스였다. 동부에서 출발해 서부 해안으로 가는 여정에서 부부는 웬디스에만 다섯 차례나 방문해 기본 버거부터 패티와 치즈가 세 장씩 들어간 트리플 버거까지 모든 메뉴를 섭렵했다. 어떤 매장에서는 그녀를 경쟁 업체에서 보낸 스파이로 오해하기도 했다.

한국에 돌아온 후 그녀는 힘들게 수집한 자료를 연구 노트에 정리하기 시작했다. 찍어온 사진 옆에 햄버거 크기를 정성스럽게 기록했음은 물론이다. 특별히 맛있었던 햄버거는 매장에서 먹을 때와 포장 후 일정 시간이 흘렀을 때의 상태가 어떻게 다른지를 사진이나 그림과 함께 기록해두기도 했다. 웬디스의 경우 연구 노트에 '넉넉한 고기 양을 어필할 수 있겠으나 한국인 입맛에는 과한 느낌이다. 사각형 패티가 처음에 호기심을 자극한다는 것 외에는 특별한 점이 없는 듯'이라고 적었다. 그녀는 이 데이터를 정리하고 분석하는 데 힘을 쏟았다. 예정하고 있던 대학원 진학을 일 년이나 미루면서였다. 그뿐 아니라 주말이면 염박사와 함께 국내 각지로 연구 출장을 떠났다. 장소는 당연히 햄버거 가게였다. 국내 최대 햄버거 체인인 롯데리아는 가보지 않은 매장이 거의 없을 정도였다. 마침 롯데리아, 맥도날드, 버거킹 외에 유행을 타고 소규모 수제 버거집이 늘던 시기이기도 했다. 그녀는 어떤 종류의 햄버거든 크기와 무게를 꼼꼼히 기록해두었다. 그리고 염박사의 도움으로 그녀의 기록은 점점 정식 보고서에 적합한 꼴을 갖추기 시작했다.

그녀가 보기에 햄버거의 형태는 여러 측면에서 다양한 문젯거리를 안고 있었다. 먼저 햄버거 번의 형태가 문제였다. 보통의 햄버거 번은 원 형태였다. 유클리드기하학에 따르면 원이란 '한 점에서 같은 거리만큼 떨어져 있는 점들의 모임'을 가리킨다. 하지만 그녀가 확인한 온갖 햄버거 번은 도무지 원이라고 할 수 없었다. 조리 과정에서 발생하는 열과 압력, 유통 과정의 문제는 물론 애초에 모양이 찌그러진 번도 많았다.

그녀는 몇 군데의 식품 공장을 방문해 번의 제조 과정을 살펴보았다. 집에서 직접 번을 만들어보았음도 물론이다. 가정 시간 외에는 요리라곤 해본 적이 없었기에 가까운 제빵 학원에 등록하기까지 했다. 그런 식으로 밀의 품종부터 도정과 제분 정도, 그리고 이스트의 양과 발효 온도 및 시간 등 온갖 변수를 바꾸어가며 찌그러지지 않는 번을 만들기 위해 철저히 연구했다. 자연스럽게 식사 메뉴는 햄버거가 되었는데, 염박사는 일 년 넘게 햄버거만 먹으면서도 불평하지 않는 것으로 아내의 연구를 지원했다.

그녀의 열정은 「식은 후에도 찌그러지지 않는 원 형태의 버거 번 제조 매뉴얼」과 「번의 원 형태를 망가뜨리지 않는 버거 제조 과정 및 포장 기법」이라는 두 권의 두툼한 보고서로 압축되었다. 보고서의 번역 및 요약은 염박사가 맡았다. 그녀는 보고서의 요약본과 프로젝트 제안서를 세계 각국의 버거 프랜차이즈 본사에 메일로 보냈다. 그녀의 일기에 따르면 칠십이 개국, 팔십일 개 회사에 달한다.

버거킹이 유일하게 답장을 보내왔다. 몇 차례 연락을 주고받은 끝에 버거킹은 그녀와 협업해 12센티미터 지름의 찌그러지지 않은 번을 만드는 데 합의했고, 그녀는 일 년 동안 버거킹의 사외 기술 자문위원을 맡기로 했다. 해당 연도 버거킹의 캐치프레이즈가 된 '찌그러지지 않은 버거' 광고는 전 세계로 송출되며 큰 화제를 모았고, 세계 4대 광고제로 꼽히는 클리오 광고제, 칸 국제 광고제, 뉴욕 페스티벌, 런던 국제 광고제에서 최고상을 석권하기도 했다. 국내에서도 카페, 블로그, 유튜브 등에서 측정 챌린지가 유행했다. '찌그러지지 않은 버거'를 사서 번이 정확히 원인지 확인하는 일종의 테스트였다. 사람들은 제도용 컴퍼스와 플라스틱 자를 사용하는 것뿐 아니라 컴퓨터로 지름 12센티미터짜리 동그라미를 출력하거나 여러 개의 버거에서 번만 떼어내 어긋난 부분 없이 잘 겹쳐지는지 확인하는 등 다양한 방법을 통해 이를 검증했다. 버거킹의 매출이 수직 상승했음은 당연하다.

미디어에서 이런 상황을 가만히 놔둘 리 없었다. 열두 자리 체중계가 처음 출시되었을 때는 그것이 그녀의 업적임이 알려지지 않았었다. 중소기업의 글로벌 성공 사례로서 소확행전기의 대표가 몇 차례 방송에 출연했을 뿐이었다. 결과적으로는 아직 유명인사가 아니었던 덕분에 그녀가 더 자유롭게 연구할 수 있었는지도 모른다.

그러나 '찌그러지지 않은 버거'는 달랐다. 일단 버거킹이 해당 상품의 일등공신으로 그녀를 직접 소개했다. 게다가 신문, 잡지 등의 광고가 전부였던 체중계와 달리 '찌그러지지 않은 버거'는 전국민이 텔레비전을 통해 매일 접할 수 있는, 남녀노소 누구에게나 친숙한 햄버거였다.

많은 사람들 앞에 나서는 걸 좋아하지 않았던 그녀는 미디어 노출을 피하려고 했다. 하지만 계속된 거절은 오히려 언론의 호기심을 자극했다. 아주 잠깐이라면, 이란 단서를 붙이고 진행한 첫번째 인터뷰는 곧 두번째, 세번째로 이어졌다.

그녀는 인터뷰에서 확정성의 아름다움을 자주 언급했다. 이는 처음에 명백함, 확실함, 분명함, 정확함, 적확성 등으로 표현되다가 마침내 확정성이라는 단어로 확립되었다. 정확히는 대담의 진행을 맡은 한 아나운서가 하이젠베르크의 불확정성 원리를 언급한 이후부터였다. 그뒤 그녀는 '우주의 춤을 지름 12센티미터에 담아낸 사람'이라고 불리기도 했다. 아름다운 말처럼 들리기는 하지만 내가 보기에 햄버거에겐 과한 찬사 같다.

그녀가 유명해지면서 대학원 진학은 기약 없이 미뤄졌다. 그녀에게 학업보다 더 중요한 프로젝트가 생겼기 때문이기도 했다. 나는 이즈음의 일기를 읽을 때면 이상한 기분이 든다. 처음으로 인정받았다는 자신감, 경제적인 안정감, 자신을 무시하지 않으면서 배려해주는 주변의 온화한 분위기에 안도하는 마음이 고스란히 전해지기 때문이다. 어쩌면 그녀 인생에서 유일하게 확신이라는 감정을 느낀 시기였는지도 모른다.

냉정하게 평가한다면 '찌그러지지 않은 버거'는 납작 양상추를 향한 과정에서 부수적으로 발생한 결과물에 지나지 않는다.

요리를 즐기는 독자라면 잘 알겠지만, 양상추는 변질되기 쉬운 채소다. 칼로 썰고 잠시 기다리면 절단면이 갈색으로 변한 걸 확인할 수 있다. 이 점은 패스트푸드 업계의 오랜 골칫거리였다. 양상추를 칼로 자르는 대신 손으로 뜯거나 공장의 금속 절단기를 세라믹으로 교체하는 등의 해결 방법이 있기는 하지만, 프랜차이즈 업체에서는 둘 중 어떤 것도 선택하기 어려웠다. 전자의 경우 인건비가 지나치게 소요되고 가공 시간이 오래 걸리는 것에 비해 양상추 품질이 고르지 않기 때문이었다. 또 세라믹은 깨지기 쉬워 한꺼번에 많은 식품을 만드는 대형 공장에 적합하지 않을뿐더러 비용도 비쌌다.

이런 상황에서 그녀가 보낸 납작 양상추 개발 제안서를 보고 버거킹측이 얼마나 기뻐했을지는 상상하기 어렵지 않다. 당시 담당자가 이사진에게 춤을 추면서 보고했다는 이야기가 전설처럼 남아 있을 정도다. 납작 양상추 프로모션 가운데 일등 상품으로 버거킹 평생 무료 이용권을 내걸었던 '납작한 행복 댄스 챌린지'는 여전히 회자되고 있다. 버거킹 CEO를 비롯해 각국 매장의 대표와 직원들이 우르르 몰려나와 춤을 추며 참여를 독려하던 광고를 아직 기억하는 이들도 있으리라.

알려진 바와 같이 이 댄스 챌린지의 최종 우승자는 시리아 반군 소속 군인 세 명이었다. 일 분가량의 영상은 평화롭게 잡담을 나누는 세 남자를 비추며 시작한다. 그러다 갑자기 근처 건물에 미사일이 날아와 박히면서 화면이 어두워지고, 남자들이 각자 숨을 곳을 찾아 '납작' 엎드리면 'FLAT, HAPPY, PEACE'라는 문구가 떠오른다. 영상에 춤추는 장면이 나오지 않는데도 수상에 이의가 없었던 까닭은 엎드리는 세 남자의 모습이 요한 슈트라우스 2세의 〈봄의 소리〉에 맞춰 마치 춤추는 것처럼 보이도록 슬로모션으로 편집된 덕이었다. 문제는 시리아에 버거킹 지점이 없다는 것이었다. 게다가 내전이 한창 진행중인 상황에서 우승 상품을 전달할 방법도 없었다. 버거킹은 여건이 되는 대로 반드시 시리아에 지점을 내겠다고 약속했다. 그 약속은 얼마 전에야 지켜져 우승자 중 유일하게 살아남은 한 사람이 1호점 개업식에 초대받았다. 그후 그는 떠난 두 친구의 몫까지 매일 세끼를 버거킹에서 해결하고 있다. 참고로 우리 박물관은 다가오는 겨울방학부터 봄까지 이 영상과 에피소드를 중심으로 하는 버거킹 기획전을 열 예정이다.

다시 본론인 납작 양상추로 돌아오자. 버거킹 본사에는 지금도 그녀의 보고서 원본이 전시되어 있다. 한번 더 사족을 붙이자면 우리 박물관의 버거킹 기획전에서 이 원본도 만나볼 수 있다. 어쨌든 보고서의 핵심 내용을 요약하면 다음과 같다.

1. 자르지 않고 통째로 버거에 넣을 수 있는 납작한 형태의 양상추 육종.
2. 대규모 품평단을 통한 '찌그러지지 않은 버거' 번에 가장 이상적인 양상추 크기 획정.

납작 양상추 육종 사업은 염박사가 소속된 대학의 산학 협력단이 맡았다. 그녀는 버거킹의 임시 자문위원으로 다시 위촉되어 염박사와 함께 납작 양상추 육종 사업에 참여하게 되었다. 대학측의 특별 허가를 받아 해당 사업에 도움이 될 만한 수업을 청강할 기회까지 얻었다. 실험실의 환경과 연구원들, 교수들과의 교류 그리고 육종학이라는 학문은 그녀에게 낯설지만 강렬한 자극을 주었고, 덕분에 그녀는 영감 넘치는 시기를 보낼 수 있었다.

협력단은 크게 두 가지 방향에서 프로젝트를 진행해보기로 했다. 첫번째는 기존 품종의 양배추를 틀에 넣고 재배하여 납작한 모양으로 만드는 방법이었고, 두번째는 납작 복숭아의 유전자를 이용하여 처음부터 납작한 형태를 가진 새로운 양상추 품종을 개발하는 방법이었다.

두번째 방법을 제안한 사람은 다름 아닌 염박사였다. 많은 젊은 연구원들처럼 그 역시 유전자 가위 방식에 매료되어 있었기 때문이기도 했지만, 오래전 유럽으로 배낭여행을 다녀온 뒤 납작 복숭아에 완전히 반했기 때문이기도 했다. 중국 연구원들이 복숭아를 납작하게 만드는 요인이 PpOFP1 유전자임을 밝혀냈을 때 그는 패배감 때문에 잠을 이루지 못했다. 그 역시 납작 복숭아의 기전을 밝히기 위한 연구를 구상하고 있어서였다. 어쩌면 그는 납작 양상추를 육종함으로써 그때의 분함을 해소하고 싶었는지도 모르겠다.

협력단의 육종 전문가 대부분은 프로젝트의 성공을 긍정적으로 점쳤다. 두 가지 중 어떤 방식을 취하든 결국 성공할 것이라고 입을 모았다. 생물 계통의 관점에서 보면 양상추는 초롱꽃목 국화과, 복숭아는 장미목 장미과에 속한다. 둘의 공통 특징은 교잡이 쉬운 품종이라는 점이다. 섞이기 쉬운 작물끼리 섞는 데 실패한다면 오히려 노벨상감이라는 농담이 연구실에서 유행했다.

협력단은 예상대로 납작 복숭아의 PpOFP1 유전자를 이용해 납작 양상추라는 새로운 품종을 만들어내는 데 성공했다. 납작 양상추는 유전자 변형 과정을 거치는 동안 씨앗을 통한 번식이 불가능해졌는데, 이것이 오히려 장점이 되었다. 특수 용기 안에서 조직배양을 통해 증식함으로써 병충해 위험을 완전히 없앨 수 있었고, 따라서 농약 문제로부터도 자유로워질 수 있었다. 게다가 배양도 쉬워서 배양액을 공급하고 빛과 온도를 적당히 맞춰주면 한 달 이내에 수확 가능할 정도로 성장했다.

그 무렵 건강에 대한 사람들의 관심이 증가하면서 패스트푸드 회사들이 웰빙 아이템을 찾아 헤매던 때였다. 납작 양상추는 버거킹의 고민을 한 방에 해결해준, 그야말로 게임 체인저였다.

협력단의 기술 지원으로 개발된 납작 양상추의 체세포는 래터스 캡이라 불리는 친환경 투명 플라스틱통에 담겨 각국의 버거킹 매장에 납품되었다. 납작 양상추 버거 출시에 맞춰 버거킹은 전 세계 매장의 인테리어를 초록색을 강조하는 방향으로 변경했다. 래터스 캡을 매장 디스플레이에 활용해 친환경 이미지를 내세웠고, 고객들은 자신이 먹는 양상추가 어떠한 과정을 거쳐 자라는지 또렷이 확인할 수 있었다. 마침내 버거킹이 글로벌 기업 친환경 이미지 평가에서 1위를 차지했을 때, 사람들은 매우 놀라는 한편 고개를 끄덕였다. 이에 대해 버거킹 CEO는 "왜 우리가 친환경이면 안 돼?"라고 한마디함으로써 전 세계인의 '좋아요'를 받았다.

나아가 염박사는 광기가 아니면 설명하기 어려운 속도와 추진력으로 납작 토마토와 납작 양파까지 개발했고, 이듬해 버거킹은 '찌그러지지 않은 버거 2'를 출시했다. 이 제품의 제작 과정은 다음과 같다.

번의 레시피는 '찌그러지지 않은 버거'의 번과 동일하다. 그녀가 제안한 밀가루 품종으로, 그녀가 제안한 방법으로 제분한다(자세한 사항은 버거킹의 영업 기밀로서 그녀는 비밀 유지 계약서에 서명했다). 제분한 밀가루는 반드시 상온 상태에서 유통하며 반죽하기 전 한 시간가량 냉장 처리하여 섭씨 12도의 증류수로 반죽한다(소금, 물, 이스트의 비율은 역시 버거킹의 영업 기밀이다). 밀가루반죽을 동그랗게 성형해 오븐에 넣으면 중력에 의해 아랫부분인 힐heel이 납작해지면서 지름 12센티미터, 두께 0.8센티미터의 원기둥이 된다. 또 윗부분의 크라운crown은 좌우대칭을 유지하며 곡률 약 0.12로 부풀어오른다.

완성된 번이 식을 동안 납작 토마토와 납작 양파를 수평으로 이등분해 준비한다. 완전히 식은 번은 힐과 크라운으로 분리해 자르는데, 버거킹에 따르면 번을 완전히 식히는 까닭은 따뜻한 번은 세균 번식에 취약할 수 있기 때문일 뿐, 뜨거울 때 자르더라도 번이 찌그러지는 일은 없다고 한다.

자른 번의 힐에 패티를 올리고 그 위에 피클 네 개를 올린 다음 케첩을 뿌린 후 반으로 자른 납작 양파와 납작 토마토, 납작 양상추를 올린다. 마지막으로 그 위에 마요네즈를 바른 크라운을 올리면 끝이다.

이렇듯 표면적인 조리 과정만 살펴보면 그녀의 연구가 얼마나 대단한지 체감하기 어려울 수도 있다. 조리 과정 이전의 재료 준비 과정까지 살펴봐야 그녀의 숨결을 느낄 수 있다.

기존 양상추의 경우 매입→세척→검수→손질 등의 과정을 거쳐야 했는데, 이 과정에서 찢어지거나 변색으로 인해 버려지는 잎이 생기기 마련이었다. 또 급하게 만들다보면 햄버거에 평균보다 많은 양상추가 들어가거나 반대로 적은 양이 들어가는 경우도 있었다.

반면에 납작 양상추는 래터스 캡을 연 다음 번 위에 올리기만 하면 끝이었다. 무균 무진無塵 상태로 똑같은 체세포에서 똑같은 형태로 배양되기 때문에 씻을 필요도, 변질을 걱정할 필요도, 형태를 잡을 필요도, 적당한 양을 가늠할 필요도 없었다. 무엇보다 이보다 더 신선한 양상추는 어디에도 없었다.

납작 양파와 납작 토마토 또한 향을 내기 위해 자르는 과정을 거치기만 하면 되었으며, 양상추와 마찬가지로 세척과 검수 단계가 없어짐으로써 획기적으로 햄버거 제조 속도를 높일 수 있었다.

마침이라고 해도 될지 모르겠으나, '찌그러지지 않은 버거 2' 출시 즈음에 이상기후로 전 세계 채소 수급에 문제가 발생했다. 각국의 햄버거 회사들이 너도나도 채소 양을 줄이기 시작한 반면 유일하게 버거킹만이 이 파동을 피해갈 수 있었다. 이후 버거킹은 모든 제품에 납작 채소를 사용하기로 했다. 버거킹의 햄버거가 한 개 팔릴 때마다 그녀가 로열티를 받았음은 물론이다.

통장 잔고는 늘어났지만 그녀는 '찌그러지지 않은 버거 2'의 성공을 전혀 실감하지 못했다. 육종 자체는 그녀의 전문분야가 아니기 때문이었다. 납작 양상추와 납작 토마토, 납작 양파의 특허는 산학 협력단이 취득했으며 버거킹이 기술제휴를 통해 이를 독점

공급받는 형식의 계약을 맺었다. 사정이 이렇다보니 처음에 매스 컴의 관심은 염박사 쪽으로 집중되었다.

대학측의 배려로 육종학 수업을 청강하기도 하고 관련 전문가와 교류하기도 했지만 그녀의 영역을 함부로 측정 바깥으로 넓히는 것은 위험하다. 버거킹과 계약관계를 맺지 않았다면 그녀는 육종학에 관심을 두지 않았을지도 모른다. 내가 아는 그녀는 측정 외의 세계에는 관심이 없는, 아니 정확히는 측정을 통해서만 세계를 만나는 사람이었기 때문이다. 실제로 염박사가 유전자를 두고 씨름하는 동안 그녀는 버거킹의 또다른 프로젝트에 더 힘을 쏟고 있었다.

그 프로젝트란 개개인의 입맛을 초월해 모두가 좋아할 만한 햄버거 맛의 황금 비율을 찾는 야심만만한 기획이었다. 참여한 통계학자, 뇌과학자, 심리학자, 요리 연구가 등의 명단을 보면 영어에 서툰 그녀에게 총책임자 자리를 맡긴 버거킹이 얼마나 그녀를 신뢰했는지 알 수 있다.

완벽한 맛을 찾으려는 시도는 과거에도 있었다. 그중 유명한 것은 1970년대 펩시에 의해 진행된 다이어트 콜라의 완벽한 당도 찾기 조사였다. 뉴욕에서 컨설턴트회사를 운영하던 하워드 모스코비츠는 펩시의 제안을 받고 콜라의 완벽한 당도를 찾기 위해 대규모 실험을 진행했다. 모스코비츠 역시 그녀 못지않은 집념을 가진 인물이었음에도 결국 "완벽한 펩시란 없다!"라고 선언하기에 이르렀다. 그건 사람들이 선호하는 이상적인 당도를 찾는 데 실패했다는 항복 선언이었다.

하지만 자그마치 사십 년 전에 한 실험이었다. 그사이 컴퓨터는 더 많은 데이터를 더 빨리 처리할 수 있게 되었으며 뇌를 비롯해 신체의 반응도 더욱 정밀하게 살펴볼 수 있게 되었다. 또 맛을 평가하는 데 영향을 줄 수 있는 심리적인 변수에 관한 연구도 훨씬 풍부해졌다.

프로젝트팀은 나라, 기후, 종교 문화권, 성별, 연령, 직업, 거주지역, 주로 섭취하는 곡물 종류, 한 달 기준 섭취하는 햄버거 개수 등의 기준을 정하고 그에 따라 실험 대상을 모으기로 했다. 그런 다음 '찌그러지지 않은 버거' 번을 기준으로 그것과 지름이 같은 납작 양상추, 그보다 0.5센티미터 큰 납작 양상추, 0.5센티미터 작은 납작 양상추를 사용해 개인의 선호도를 조사했다. 물론 토마토에 대해서도 자르지 않은 통 납작 토마토, 얇게 잘라 여러 겹으로 쌓은 납작 토마토, 두껍게 자른 납작 토마토 등으로 나눠 선호도를 조사하고 데이터를 수집했다. 패티나 피클, 양파 등에 대해서도 마찬가지였다. 점수를 0부터 12까지로 섬세하게 나누었고, 참가자들이 매기는 점수와 실제 뇌에서 느끼는 만족감을 비교하기 위해 뇌 스캔까지 동원했다.

전 세계에서 이루어지는 실험을 총감독하는 역할이었으므로 한 동안 그녀는 뒷산을 산책하듯 비행기에 오르내려야 했다. 힘들었 지만 그 이상으로 충분히 가치 있는 일이었다. 완벽한 펩시는 없 다는 모스코비츠의 선언을 뒤집을 만한 결과가 나왔기 때문이 었다.

참가자들의 특성을 세분하면 세분할수록 특정한 경향성이 분 명해졌다. 가령 여성과 남성 중 두꺼운 패티를 선호하는 쪽은 어 디인가에 대해서는 결론을 낼 수 없었지만, 유럽 대륙에 거주하는 이십대 남성 대학생과 아시아 대륙에 거주하는 사십대 여성 직장 인 중 어느 쪽이 더 도톰한 토마토를 선호하는가에 대해서는 유의 미한 결론이 나왔다. 즉 분석 결과에 따라 '동남아시아에 거주하 고 이슬람교를 믿으며 도시에 살고 밥을 주식으로 삼아온 남성 변 호사는 어떤 햄버거를 가장 좋아할까?'라는 질문에 기꺼이 대답할 수 있을 정도였다.

그렇게 그녀의 연구 결과를 반영한 신제품이 발매됐다. 이름하 여 '서울 틴에이지 걸 핑크 버거'와 '알프스 셰퍼드 보이 블루 버 거'였다. 이후 핑크와 블루로 성별을 구분하는 것이 시대착오적이 라는 비판을 받아 캠페인을 종료할 때까지 버거킹의 프로방스 제 품군은 스테디셀러로 자리잡았다.

방송에서 '올해 최고의 수입을 올린 셀러브리티' 등을 다룰 때마다 그녀와 염박사가 언급되었지만, 이 젊은 부부는 통장 잔고에 별 관심이 없었다. 염박사는 가끔 희귀한 품종의 씨앗이나 연구 서적을 사고 그녀는 최첨단 측정 장비를 구입했을 뿐, 두 사람은 그 밖에 별다른 소비도 투자도 하지 않고 자신의 연구에만 집중했다.

외골수 같은 이런 면 때문에 그녀는 다시 한번 호사가들의 입에 오르내렸다. 가능한 한 미디어 노출을 꺼렸던 것이 거만해졌다는 평으로 돌아왔다. 프로젝트의 성공으로 그녀가 버거킹으로부터 받은 보수금을 공개한 매체도 있었다. 빈약한 근거를 토대로한 추측성 기사였음에도 많은 이들이 이를 사실로 받아들였다. 염박사와 그녀 사이에 아이가 없는 까닭에 대해서도 근거 없는 보도가 나왔다. 막대한 돈을 벌어들이고도 기부하지 않는다며 비난하는 여론도 있었다.

사람들이 잘 모르는 사실이 하나 있다. 버거킹과의 협업에서 그녀가 얻은 것은 유명세도 돈도 아니었다. 바로 평생의 친구였다.

금요숲을 난민 출신의 유튜브 스타로만 알고 있는 젊은 세대 중에는 그녀와 금요숲이 친구였다는 사실조차 모르는 이들도 있다. 그렇지만 그녀의 일기에 나오는 인물 중 내게 현실감이 뚜렷한 사람은 금요숲이 유일하다. 아마 금요숲과 가장 자주 만났기 때문일 것이다. 금요숲은 그녀뿐 아니라 나에게도 손을 내밀어 친구가 되어주었다. 아니, 친구라고 생각한 쪽은 나뿐이었는지도 모른다. 어쩌면 금요숲은 무언가를 얻기 위해 가면을 쓰고 내게 잘 대해주었던 것이 아닐까? 다양한 언어를 자유로이 구사하는 그 적응력으로?

　염박사와 만난 후 나는 금요숲이라는 사람에 대해 더 깊이 생각하게 되었다. 생각하지 않을 수 없었다. 금요숲은 뿌리에 집착하는 인간이기에 떠돌지 않아도 되는 곳을 찾아 떠돌아다녀야만 하는지도 모른다. 주의깊게 보지 않으면 알기 어려운 사실이리라. 뿌리에 집착하는 인간이 정작 뿌리에 관해서는 비밀로 하고 있어 생기는 아이러니니까.

나는 로힝야에 대해 찾아보았다. 여러 갈래로 나뉜 미얀마의 정치적 파벌들을 단결하게 만드는 유일한 존재, 로힝야. 공공의 적인 그들은 교육을 받을 권리는 물론이고 심지어 조상 대대로 살던 곳에서 살 권리조차 보장받지 못한다. 언어는 다르지만 오랜 시간 살아온 미얀마 땅에도, 언어는 통하지만 불법 체류자 신세를 면하지 못하는 방글라데시에도 그들은 뿌리내리지 못한다.

염박사를 만나고 돌아온 날 저녁, 금요숲이 전화를 걸어와 국정원 건은 어떻게 진행되고 있느냐고 물었다. 나는 그녀의 일기를 대여해주기로 했다고 대답했다. 염박사를 만났다는 이야기는 하지 않았다. 그러자 금요숲은 불쑥 꿈을 꾸었다고 했다. 자신이 이라와디강에 빠져 강바닥에 가라앉은 채 구해달라고 외치는 꿈이었다고 했다. 고개를 들면 그녀가 보였다. 그녀는 자신을 구하려는 듯 허우적거리며 헤엄쳤지만 그녀의 몸은 자꾸만 떠올랐다. 그녀는 구명조끼를 벗고 수초로 몸을 묶어 자신이 있는 바닥으로 내려오려 했지만 소용이 없었다. 이윽고 그녀는 수면 위로 떠올라 사라졌다. 나는 꿈속에서 그녀가 사라진 뒤 금요숲은 어떻게 되었는지 묻고 싶었다. 그런데 금요숲이 먼저 다음 집회에 오지 않겠느냐고 물었다.

"고향에서 선거가 얼마 남지 않았어요. 무사히 치러지기를 기도하면서 광화문광장에서 시민들께 커피를 대접하기로 했어요."

나는 가겠다고 했다. 그녀를 평소와 같은 시선으로 보기는 어려울 것 같다고 생각하면서. 다시 왼쪽 무릎 아래가 지잉지잉 울렸다.

사람들에게 고산 등반가는 철저한 계획하에 움직이는 이성적인 사람으로 보일 것이다. 전혀 맞지 않는 말이다. 미신과 징크스를 믿지 않는 등반가는 없다. 주위 상황과 사람들의 의견에 쉽게 흔들리기도 한다. 고민하다 나는 말했다.

"일기장에 금요숲의 이야기가 많아요."

"아마 그렇겠지요? 칭찬만 있지요?"

순간 나는 금요숲이 말을 돌리려 한다고 생각했다. 하지만 염 박사의 말이 나를 그렇게 생각하도록 몰아가는 것일 수도 있었다. 나는 에두르지 않고 물어보기로 했다.

"하루는 그녀가 하이마의 비밀을 알게 되었다고 썼어요."

"와, 오랜만에 듣는 이름이네요."

"그 비밀은…… 금요숲이 로힝야라는 것인가요?"

잠시 침묵이 이어졌다.

"맞나요?"

"네. 그래요."

"지금 저에게 사실대로 말해주는 것은, 한국이 안전하기 때문인가요?"

"아니에요."

"아니에요?"

"네, 아니에요. 여기가 안전한 건 맞지만요. 저는 그냥…… 도망치지 않을 생각이에요. 그렇게 결심했어요. 그녀를 본받아서요."

"로힝야라는 비밀로부터요?"

"도망쳐도 끝없이 쫓아오는 무서움으로부터요."

"뭐가 무서운데요?"

"쫓기는 게요."

"무엇에 쫓기는 건가요? 쿠데타 세력으로부터? 아니면 종교적인 이유인가요?"

"어째서 갑자기 그런 걸 물어보시는 건가요?"

금요숲이 울먹이기 시작했다. 그때 나는 내가 지금까지 그녀의 실종 사건 자체를 의심하지 않고 받아들여왔음을 깨달았다. 그녀의 실종은 내게 그저 하나의 미스터리였고, 그러므로 나는 사건과 분리되어 있다고 생각할 수 있었다.

"저는 이제 알고 싶을 뿐이에요."

"무엇을요?"

"새삼스럽게 그런 생각이 들었습니다. 그녀는 어디에 갔을까요? 저는 왜 지금까지 그녀가 어디에 갔는지, 살아 있는지 죽었는지 궁금해하지 않았을까요?"

왼쪽 무릎 아래가 속삭이듯 울렸다. 멈추지 마. 그렇게 말을 거는 듯했다.

등반과 수색 기술이 계속 발전하고 있지만 에베레스트는 매년 새로운 실종자를 품는다. 등반가들은 실종자들이 살아 돌아오리라는 희망을 품지 않는다. 언젠가 유가족에게 시신이라도 전달할 수 있기만을 바랄 뿐이다. 그러나 그녀의 실종은 다르다. 나는 왜 그녀의 실종을 내 손이 닿지 않는 먼 곳의 일이라고만 생각했을까. 그녀의 실종 소식을 늦게 전해들은 탓일까. 아니면 일기를 탐독한 나머지, 그녀조차 가상의 인물처럼 여기게 된 것은 아닐까.

"……저는 산에 오르지 않기로 결정하면서 잊어버린 겁니다."

"무엇을요?"

"손을 내미는 방법을요."

나는 그녀의 일기를 읽었기 때문에 금요숲에 대해 잘 안다고 줄곧 생각해왔다. 그러나 금요숲의 비밀에 닿은 사람은 그녀뿐이었다. 어쩌면 금요숲은 그녀의 실종에 대한 비밀을 알고 있는 유일한 사람이 아닐까. 그녀가 금요숲에게 그랬듯이 금요숲 역시 그녀의 비밀을 지켜주고 있는 건 아닐까. 사라진 왼쪽 무릎 아래가 내게 그렇게 속삭였다. 나는 멈추지 않고 금요숲에게 물었다.

"그녀는 어디 있을까요."

"몰라요. 하지만,"

한동안 눈물만 삼키던 금요숲이 말했다.

"분명히 무언가를 재고 있을 거예요, 어디에서든. 그녀가 모르는 것과 오차가 있는 한……"

그렇게 전화가 끊어졌다. 그녀는 유령을 향해 손을 내밀기로 결심한 사람이었다. 끊임없이 손을 내밀며 유령을 끌어안다가 결국 그녀 자신도 유령이 된 걸까. 그렇다면 나는 유령이 된 그녀에게 손을 내밀어 무엇을 얻고 싶은 걸까. 의문투성이인 사건의 해결? 국익에 기여하는 애국자가 되는 것? 혹은 그저 그녀가 살아 돌아오는 것?

연구비 배분에서 시작된 경제권 다툼. 많은 언론이 이런 식으로 그녀와 염박사의 이혼 사유를 넘겨짚었다. 하지만 내가 아는 두 사람이라면 절대 그런 이유로 헤어지지 않았을 것이다.

일기를 보면 미팅 자리에 취재기자들이 따라와서 불편해하다가도 연구에 대해 의논하는 동안 기자들의 존재를 완전히 잊어버리는 그녀의 모습을 확인할 수 있다.

연구실에 들어가려는데 주간지 기자라는 분이 계속 따라왔다. 협력단 이박사와 오랜만에 만나는 날이었기 때문에 나는 양상추와 토마토의 전체 크기뿐 아니라 세포 자체의 크기를 조절할 수 있는지에 관해서 꼭 의논해보고 싶었다. 이 문제에 대해 남편이 반대하고 있다는 이야기는 하지 않았다. 이박사와 말하다가 문득 뒤돌아보니 기자 몇몇이 더 다가오고 있었다. 미안하다고 말하고 연구실 문을 닫는 것이 최선이었다. 그리고 이박사는 내 질문에 대해……

많은 사람들이 그녀가 납작 양상추를 미완성이라 여겼다는 사실을 간과하곤 한다. 버거킹과의 협업이 워낙 성공적이었기 때문에 의도적으로 이를 잊어버린 척하는 사람도 있다. 나는 이 일기에서 기자들에 대한 부분보다는 '세포 자체의 크기를 조절할 수 있는지'라는 문구에 주목하고자 한다.

납작 양상추는 종자 번식이 아니라 유전자조작된 세포를 배양해 생산된다. 하지만 같은 유전자를 가진 납작 양상추를 크기가 일정한 래터스 캡 안에서 키운다 해도 세포가 성장하고 분열하는 속도는 조금씩 달라서 결과적으로 양상추의 무게와 잎사귀의 모양, 색은 제각각이다(물론 기존의 양상추에 비하면 미미한 차이이지만 그녀는 이 정도로 만족하지 못했다). 일란성쌍둥이라도 얼굴이 완전히 같지는 않은 것과 비슷한 이치다. 하지만 그녀는 완벽한 통제를 원했다. 그러려면 유전자조작 단계에서 몇 가지 가변정보를 고정시킬 필요가 있었다. 예를 들자면, 세포분열의 횟수를 일정하게 제한하고 같은 조건에서 키우면 이론상 납작 양상추의 무게는 같아진다. 나아가 그녀는 이러한 유전자조작을 바탕으로 세포 자체의 크기를 조절하고 싶어했다. 일정한 크기와 정확한 개수의 세포. 이를 구현할 수만 있다면 거의 완벽에 가까운 납작 양상추를 만들어낼 수 있을 터였다.

그러나 염박사는 그녀의 아이디어에 반대했다. 유전자조작에도 한계가 있어 완벽하게 동일한 크기와 모양의 양상추를 구현하는 건 불가능할 뿐 아니라, 설령 가능하다 하더라도 허용해서는 안 된다는 이유에서였다.

"어째서요?"

"생명을 다루는 일이잖아요."

"가능할 수도 있는데도?"

"가능한 일이라도요."

"세포 크기를 제한하면 더 편리하게 입맛에 맞는 햄버거를 만들 수 있을 거예요. 햄버거는 1초에 4,500개가 팔리는 음식이에요. 누군가에게는 삶의 질이 달라질 수도 있는 문제라고요."

"유전자공학은 인류의 음식 문화를 개선시키는 일 이전에 생명을 다루는 일이니까요. 세상 대부분의 학문이 그렇지만, 유전 쪽도 인간이 밝혀낸 사실보다 아직 모르는 부분이 더 많아요. 앞으로 아무리 연구를 한다 하더라도 인간이 유전자나 생명에 대해 완벽하게 알아내는 일은 생기지 않을 겁니다. 그게 바로 생명의 신비로움이니까요. 신비는 신비로 남겨두어야 한다는 것을 언젠가는 다들 깨닫지 않을까요."

그녀는 이 대화를 부연 설명 없이 일기장에 적어놓기만 했다. 염박사는 그녀에게 신비를 그대로 남겨두어야 한다고 말했다. '신비'라고 표현했지만, 그것은 다름 아닌 유령이었다. 결코 정복해서는 안 된다는 의미였다. 결코 정복되지 않을 것이라는 뜻인지도 몰랐다. 그녀가 옮겨 적은 이 문장 뒤로 염박사에게 자신의 오랜 꿈을 이해받지 못하리라는 그녀의 절망이 느껴진다. 그녀는 유령을 모두 불러모아 이름을 붙여주고자 했다. 불확실성을 남겨서는 안 된다고 여겼다. 그런 그녀에게 염박사는 자신의 과업을 이해하고 함께해줄 사람이 아니었으리라.

물론 그녀가 처음부터 이혼을 생각한 것은 아니었다. 그녀는 자신이 느낀 절망감은 일단 모른 체하고, 어째서 세상을 남김없이 알아내서는 안 되는지 생각하기 시작했다.

그녀는 계속 미뤄왔던 대학원 진학을 결심했다. 결과적으로는 적당한 시점에 이루어진 셈이었다. 지도교수인 팽교수는 측정이라는 울타리 안에서 그녀와 완전히 같은 부류에 속한 인간이었다. 그는 그녀와의 첫 만남에서, 측정만 하다 문득 정신을 차려보니 정년퇴임까지 오 년이 남았다고 말했다. 무엇보다 그는 그녀 인생의 최대 공포와 정면으로 맞서 싸워본 사람이었다.

　당시 팽교수는 지오이드geoid를 이용한 한국형 해발고도 확정에 깊은 관심을 가지고 국토지리정보원의 연구 용역을 수행하던 중이었다. 그녀의 설명에 따르면 지오이드란 작용하는 중력의 크기에 따라 만든 울퉁불퉁한 지구본의 일종이다.

해발海拔고도란 바다의 높이, 즉 해수면을 기준으로 측정한 높이를 말한다. 지구의 중심으로부터 수직으로 뻗어나온 선이 있다고 가정해보자. 지구의 내핵부터 외핵, 맨틀을 넘어 해양지각의 표면을 지나 바닷물에 잠긴 선을 타고 올라가다가 공기와 접촉하는 그 순간 선에 0을 표시한다. 그리고 1미터 2미터 올라가다보면 약 1,947미터 지점에 한라산 정상이, 약 2,744미터 지점에 백두산 정상이, 약 8,848미터 지점에 에베레스트 정상이 있다.

상상해보자. 우리는 지금 한적한 바닷가에 있다. 한적해 보이더라도 바다 그 자체는 결코 조용하지 않다. 백사장에서도, 밀물이 밀려오는 너른 갯벌에서도, 고래가 춤을 추는 대양에서도 바다는 한결같이 철썩거리며 말을 걸어온다. 바다는 멈추지 않는다. 지구의 공전과 자전, 달의 움직임, 비바람, 온도 차, 바닷물의 밀도 차, 태풍, 지진, 해저화산, 지각의 융기와 침강, 침식 및 퇴적, 녹아내리는 빙하, 지각판의 이동 그리고 당신이라는 존재……

지피지기면 백전백승이다. 변수를 이기려면 변수를 배워야 한다.

처음으로 실습을 나간 날 그녀는 일기에 위와 같이 적었다. 신비를 신비 그대로 남겨둬야 한다는 염박사의 생각이 틀렸음을 증명하겠다는 단단한 각오였다. 그녀에게는 경험에서 비롯된 믿음이 있었다.

포기하지 않고 노력하면 몸무게를 소수점 아래 열두 자리까지 표시하는 체중계를 만들 수 있다. 온갖 데이터를 끌어모아 분석하면 특정 인물이 가장 좋아할 만한 햄버거를 만들 수도 있고, 최신 유전자 기술과 육종 기술을 동원해 새로운 품종을 만들어낼 수도 있다.

그러나 파도를 멈추게 할 수는 없다. 시간을 멈춰본다 한들 바다는 파동의 형태로 일정한 듯 일정하지 않은 높낮이를 보여준다. 그야 측정하여 미분, 적분함으로써 특정 값을 얻을 수는 있으리라. 하지만 움직이지 않는 파도는 파도가 아니다. 바다도 그렇다. 그러므로 시간을 멈추어 억지로 얻은 값은 파도의 높이도 해수면의 평균값도 아니다.

다른 변수도 마찬가지다. 조수 간만의 차를 만들지 못하도록 달을 허공에 묶어둘 수도 없다. 지진, 화산활동, 바람. 해수면을 획정할 때 인간의 힘으로 통제할 수 있는 변수란 없다. 그녀는 새삼스럽게 깨달았다. 지금까지의 측정에서 변수를 정말로 통제한 적은 없었다는 것을. 그녀는 자신이 그토록 지우고 싶어했던 '대략'이라는 부사에 기대어 반쪽짜리 성공으로 위안 삼아왔음을 인정해야만 했다.

그렇지만 이제 그녀의 곁에는 스승이 있었다. 팽교수는 그녀가 걸어온 과정을 앞서 거치면서 꼿꼿이 버텨낸 노장이었다. 그녀가 파도와 싸워나갈 모습을 기꺼이 지켜볼 준비가 된, 의지 충만한 동료이기도 했다.

대한민국 해발고도의 기준이 되는 수준원점은 인천 앞바다 해수면의 평균 높이다. 이를 측정하기 위해 과학자들은 1913년부터 1916년까지 약 삼 년간 매일같이 조수 간만의 차를 기록했다. 하지만 바다에는 조수 외에도 풍랑과 너울, 해류 등이 늘 발생하므로 사실상 해수면의 정확한 평균 높이를 측량하는 일은 불가능하다. 더구나 당시는 정치적으로 혼란한 시기였기에 기록의 신뢰도 역시 높지 않다.

이는 결국 임의의 점을 찍음으로써 해결되었다. 현재 한국의 해발고도는 인하공업전문대학 교내에 있는 기본수준원점표석을 기준으로 한다. 이 기본수준원점표석은 일제강점기에 정해졌던 기준을 1963년에 대대적으로 조정하면서 설치되었다. 다만 수준원점이라는 명칭과 다르게 해발고도가 0미터가 아닌 26.6871미터이다. 1974년에 실측을 통해 한 차례 더 조정이 이루어졌지만, 바다가 원체 변수투성이이다보니 기준과 실제가 점점 멀어지게 되었다. 새만금 간척사업과 금강 하굿둑 건설, 그리고 전 지구적 기후변화로 인해 서해의 해수면이 상승한 것 역시 커다란 변인이었다.

그뿐만이 아니다. 미터라는 단위 자체도 시간에 따라 변화해왔다. 여기에는 프랑스혁명부터 내려오는 역사의 맥락이 있다.

미터는 국제단위계, 흔히 SI라고도 불리는 단위계의 일부를 이룬다. SI의 시초는 프랑스혁명 직후로 거슬러올라간다. 당시 프랑스에는 국가 표준이라는 개념이 없다시피 했다. 같은 나라인데도 마을마다 도량형의 단위가 다르고 표준시標準時가 달랐다. 단위가 다른 것만이 문제라면 환산할 수도 있었겠지만, 같은 단위라도 앙드레가 말하는 길이와 장이 말하는 길이가 달랐다. 혁명 이후 국가의 거의 모든 제도가 개편되던 과정에서 당연히 도량형 통일의 필요성도 언급되었다. 문제는 필요성에 대해서는 모두 공감하나, 모두가 자신들의 단위계를 표준으로 채택해야 한다고 주장한다는 점이었다.

절대적 권력을 행사하던 왕을 처형한 지 얼마 되지 않은 시점이었다. 혁명 이념에 따른 합리적이고 공평한 새로운 기준이 필요했다. 오랜 논쟁 끝에 과학자들 사이에서는 우리가 사는 지구의 둘레를 기준으로 삼자는 미터법이 많은 지지를 받게 되었다.

합의에도 오랜 시간이 소요되었지만 측정에는 훨씬 더 많은 시간이 걸렸다. 결국 백금과 이리듐의 합금으로 이루어진 1미터 길이의 미터원기原器가 제작된 시점은 1887년, 프랑스 국민의회가 도량형 개혁안을 상정한 지 백 년 가까이 지난 뒤였다.

미터에 얽힌 역사를 알게 된 후로 그녀는 이 시기의 과학자들에 대해 상상하기를 좋아했다. 두 다리와 말 외에는 달리 이동 수단이라 할 만한 것이 없던 시대다. 측량 도구 역시 지금처럼 공장제 플라스틱 제품이 아니라 나무와 금속을 깎고 이어붙여 만든 거대한 물건이다. 날씨가 춥다고 패딩을 걸쳐 입을 수도 없고, 가까운 편의점에서 따끈따끈한 캔커피를 사올 수도 없다. 날씨가 더울 때 땀을 식힐 휴대용 선풍기도 없고, 측량을 마치고 집으로 돌아가 시원하게 에어컨을 틀 수도 없다. 아니다. 그런 수준의 문제가 아니다. 운동화도 없어 야외 측량 작업 때 불편한 부츠를 신어야 한다.

그녀는 오로지 측량을 위해 낯선 세계로 떠난 두 명의 천문학자 들랑브르와 메생을 특히 자주 떠올렸다. 프랑스 됭케르크에서 스페인 바르셀로나까지의 거리를 재는 것이 그들의 임무다. 두 도시는 위도상으로 10도 차이가 난다. 따라서 측정한 값을 바탕으로 계산하면 적도에서 북극까지 일직선으로 그은 선, 즉 사분자오선의 길이를 알아낼 수 있다. 길은 먼데다 포장도 되어 있지 않다. 심지어는 아예 존재하지도 않는다. 순전히 인간의 머릿속에만 존재하는 자오선은 때로는 산 위를 때로는 물위를 지난다. 그 올록

볼록한 표면의 길이를 어떻게 처리해야 할지를 놓고 의견 대립이 생긴다. 적국의 스파이로 오인을 받아 감옥에 갇히고 신분을 증명하기를 요구받는다. 마음이 아무리 급해도 사람의 다리나 우편 마차의 속도 이상으로 기댈 것이 없다. 처음 예정했던 기간인 일 년에 한 해 두 해가 아무렇지 않게 덧붙여진다. 그리고 마침내 칠 년이 지나 온갖 역경을 이겨낸 두 사람은……

지나치게 잘 짜여서 마치 두 천문학자의 집념에 박수를 보내라는 메시지를 위해 만들어진 이야기처럼 느껴질 정도다. 사실 픽션과 논픽션을 불문하고 인간 승리 유형의 서사는 대개 비슷한 구성을 가지고 있다. 산악인을 다룬 영화나 다큐멘터리도 마찬가지다. 자, 독자 및 시청자 여러분, 저희가 이런 감동 포인트를 잡았으니 이쯤에서 감동해주시면 됩니다. 이런 목소리가 들리는 듯하다.

내가 삐딱한 시선을 던지는 이유는 어려움을 이겨내고 대업을 이룬 두 천문학자를 깎아내리기 위해서가 아니다. 반드시 자오선을 기준으로 잡아야 하는 합리적 이유 따위는 없을지언정, 그것은 적어도 가장 공평하게 여겨지는 대안이었다. 다만 내가 거부감을 느끼는 것은 이들의 여정이 이토록 매끈하게 다듬어진 영웅 서사시가 아니었으리란 믿음 때문이다. 산악인도 흔히 등반 과정을 기록하는 영상을 찍는다. 계획과 준비, 등반, 등정, 하산, 귀가. 영상을 되짚어보면 어떠한 에피소드도 한 가지 목적에 수렴하며 일어나지 않는다. 만약 내가 에베레스트에 오르는 과정을 알지 못했다면 나 역시 도량형 확립을 위해 노력한 수많은 이들의 열정에 그저 감동했으리라.

분명한 것은 그녀 역시 처음에는 두 사람의 열정에 감탄했었다는 사실이다.

팽교수가 한 인터넷 신문에 매주 칼럼을 기고하고 있었을 때의 일이다. 하루는 수업중에 그가 학생들에게 물었다.

"자오선 측정하러 원정 갔었던 프랑스 학자들 이름이 뭐였죠? 갑자기 기억이 안 나네요. 누구 아는 사람?"

"들랑브르와 메생입니다."

그녀의 대답에 팽교수는 고맙다면서 다음 칼럼 주제를 도량형으로 할 생각이라고 덧붙였다. 며칠 뒤 팽교수의 칼럼을 읽었을 때 그녀는 깜짝 놀랐다. 칼럼은 그녀가 십 년 넘게 해결하지 못한 바로 그 문제를 다루고 있었다.

그녀가 아무리 고민해도 제자리걸음이라고 느꼈던, 1미터를 어떻게 정의하느냐의 문제였다. 국제도량형총회는 1973년 빛의 속도를 초속 299,792,458미터라고 확정한 다음, 1983년 1미터를 '진공상태에서 빛이 299,792,458분의 1초 동안 진행한 거리'라고 정의했다.

우리가 아는 미터의 시초는 들랑브르와 메생의 측정으로부터 구한 5,130,740투아즈라는 사분자오선 값을 10,000,000으로 나눈 길이다. 즉 최초로 구한 1미터는 0.5130740투아즈로 정의되어 표준원기에 담겼다. 그러나 지구상의 모든 물체는 온도와 습도, 기압에 영향을 받는다. 아무리 섬세하게 보관하더라도 인간의 감각을 피해 늘어났다 줄어들며 세상의 표준을 흔들어놓을 수밖에 없었다.

이런 연유로 국제도량형총회는 1960년 크립톤-86 원자가 방출하는 빛의 파장을 표준으로 도입했다. 이에 따르면 1미터란 '진공상태에서 크립톤-86 원자가 방출하는 오렌지색에서 적색 범위에 있는 파장의 1,650,763.73배'이다. 전문가가 아닌 이상 이해하기 어려운 복잡한 정의이다. 팽교수는 이러한 비직관적인 정의가 결국 사람들이 늘어났다 줄어드는 표준원기로 돌아가게 하는 원흉이라고 했다. 현재 재규정된 1미터의 정의는 우리가 익히 알고 있는 빛을 이용하기 때문에 개념을 이해하는 것 자체는 어렵지 않으나 299,792,458분의 1초라는 매우 비일상적인 숫자를 사용하고 있다. 그저 기존의 1미터에 맞추기 위해서 말이다.

그녀는 위대한 선배들의 위대한 부정확함에 전율했다. 감동에 가려져 그동안 보지 못했던 허술함이 눈에 들어오기 시작했다. SI 단위는 편리함과 공평함을 위해 설계되었다. 그러나 299,792,458

분의 1초, 약 0.000000003335641초를 측정하기 위해서 어디서부터 어떻게 실험을 설계해야 하는지, 오차를 어떻게 보정해야 하는지는 상상조차 되지 않았다.

팽교수는 역사상 최고로 정밀한 개악改惡이라고 말했으나, 1미터의 정의가 바뀐 것처럼 해수면 역시 새롭게 측정할 필요가 있었다.

석사 1학기 때, 그녀는 팽교수의 전문분야 중 하나인 지오이드를 연구하는 데 열중했다. 모든 물질은 질량을 가진다. 질량을 가진 물질 사이에는 중력이 작용한다. 이 두 가지는 그녀가 열두 자리 체중계를 개발할 당시부터 한 번도 잊지 않은 명제였다. 아인슈타인에 따르면 온 우주에는 중력장이라는 촘촘한 그물이 깔려 있으며, 질량을 가진 물체를 가져다놓으면 물체의 움직임에 따라 그물이 휘어지게 된다. 이러한 왜곡을 일으키는 정체가 바로 중력이다. 아무리 작은 물체라도 이 왜곡을 피할 수 없다.

지구도 마찬가지다. 지표면의 높낮이에 따라 질량이 달라지므로 지구에서도 중력이 강한 곳이 있고 그렇지 않은 곳이 있다. 지도를 제작하는 방식에 따라 지도의 모양이 달라지는 것처럼, 지오이드 역시 어떤 중력 모델을 택하느냐에 따라서 모양이 조금씩 달라진다.

그녀의 일기를 읽으면서 나 역시 지오이드에 대한 흥미가 생기지 않을 수 없었다. 그녀의 연구 노트는 전문용어로 가득했기 때문에 나는 쉬운 설명을 찾아 구글에 지오이드를 검색해보았다. 검색되어 나온 이미지는 충격 그 자체였다. 지구는 둥글지 않았다. 지구를 본떠 만들었다는 지구본과도 닮지 않았다. 오히려 지오이드는 오랫동안 소파 뒤에 방치되어 얼룩덜룩 곰팡이가 핀 감귤에 가까웠다. 그게 지구의 본모습이었다.

나는 오르는 사람이었고 누구보다 세상의 울퉁불퉁한 굴곡을 많이 봐왔다고 자부했었다. 그러나 모험가를 자처하면서도 나는 지구의 형태에 관해 깊이 생각해본 적이 없었다. 적어도 나는, 내가 오르려는 지구의 높이를 한 번이라도 의심해봤어야 했다. 내가 오르는 것이 무엇인지 고민해보지 않은 나 자신이 부끄러워 견딜 수 없었다.

석사학위를 받은 그녀가 박사과정에 진학했을 때, 팽교수는 그녀를 끝으로 다시는 지도 학생을 받지 않겠다고 선언했다. 두 사람은 학교 밖에서도 자주 함께 시간을 보냈다. 그녀는 오차와 변수 중 어떤 것이 박사논문의 주제로 더 적합할지 팽교수와 의논했다.

박사 수료를 앞둔 마지막 수업에서 팽교수는 그녀에게 인하공전 교내에 있는 기본수준원점표석에 다녀와 감상문을 작성하라는 과제를 냈다. 팽교수가 교수로서 그녀에게 요구하는 마지막 과제였으며, 박사과정생으로서 그녀가 마지막으로 해야 하는 과제이기도 했다. 인천광역시 미추홀구 인하로 100, 해발고도 26.6871미터.

1917년 인천시 항동에 설치되었던 기준점을 1963년 현재의 위치로 옮겨오면서 붉은 벽돌로 된 높이 3.36미터의 보호각도 지어졌다. 굳이 과제로 제출할 것도 없이 이미 여러 차례 방문했던 곳이었다.

보호각 옆에 간단한 설명이 적힌 표지판만 있을 뿐 별다른 볼거리가 있지는 않았다. 공룡의 화석이나 왕릉도 아니고 이름난 장인이나 건축가가 만든 것도 아니었다. 당연히 시간을 내어 보러 오는 사람들도 없었다. 그저 한국의 측량사들이 측량할 때 기준으로 잡는 점일 뿐이었다.

오전 일찍 인하공전을 찾은 그녀는 먼저 수준원점을 감싸고 있는 보호각의 크기를 측정했다. 학교측에 양해를 구해 내부 역시 자세히 측량하고 사진을 찍었다. 그렇게 내외부의 각종 치수와 보호각의 벽돌 개수까지 적은 상세한 보고서를 팽교수에게 제출했다.

다음날 팽교수에게서 메시지가 왔다.

—기각이야. 이번엔 아무 측정 장비도 없이 다녀오게. 내가 내준 과제가 뭔지 다시 읽어보는 것도 잊지 말고.

그녀는 다시 인하공전을 찾았다. 팽교수의 말대로 아무런 장비도 챙겨가지 않았다. 이유는 모르는 채였다. 스승의 의도를 파악할 때까지 그녀는 보호각 주변을 천천히 걸었다. 추운 날이었다.

학생들이 그녀를 흘금거리며 지나갔다.

계속 걸으며 생각해봤지만 도무지 팽교수의 의도를 알 수가 없었다. 지친 그녀는 근처 벤치에 앉아 팽교수의 메시지를 들여다보았다. 그리고 다시 과제를 확인했다. '대한민국 수준원점을 찾아 방문하고 감상문을 작성하시오.' 그제야 그녀는 자신이 제출해야 하는 것이 보고서가 아니라 감상문임을 깨달았다.

팽교수가 자신의 보고서를 기각시킨 이유는 알아냈으나 그녀는 무엇을 감상 포인트로 잡아야 할지 알 수 없었다. 그래서 이번에는 측정이 아니라 감상을 한다는 생각으로 다시 천천히 교정을 걸어보았다.

수준원점 가까이에는 호수가 있었다. 그녀는 호숫가 벤치에 앉아 자판기 커피를 한 잔 마셨다. 그러면서 문득 자판기 커피를 마셔본 지 정말 오래되었다는 생각을 했다. 생각을 하다보니 신용카드로 자판기 커피를 결제해본 것이 처음이라는 것도 알게 되었다. 이곳에 몇 번이나 방문했으면서 호숫가를 걸어본 것도 벤치에 앉아본 것도 처음이라는 사실 또한 깨달았다. 그녀는 자리에서 일어나 다시 교정을 걷기 시작했다. 교정을 둘러보는 것도, 학생들의 얼굴을 하나하나 바라보는 것도 처음이었다.

다시 수준원점으로 돌아온 그녀는 가까운 벤치에 앉았다. 수준원점 근처에는 벤치가 여럿 있었다. 날씨가 따뜻할 때 학생들이 삼삼오오 모여 있었던 모습이 기억났다. 고개를 들자 잎이 다 떨어진 등나무가 보였다. 등나무가 꽃으로 만발했을 때 방문했던 기억이 새록새록 났다. 미소 지으며 천천히 주변을 살피다보니 수준원점 위쪽으로 허공을 길게 가로질러 지나가는 전깃줄이 보였다. 전에는 보지 못했던 것이었다.

그녀는 눈을 감았다. 눈앞에서 수준원점이 사라지자 변수도 사라졌다. 기말고사 시기 교정의 분주함과 초조함, 열기가 느껴졌다. 귀, 코, 입, 혹은 피부, 어느 감각기관이 느끼는지 알 수 없었다. 또,

이름 모를 새.

새가 지저귀는 소리.

지저귀는 소리와 함께 마음 깊이 잠들어 있던 문장 하나가 그녀의 마음을 두드렸다. 오래전 그녀가 일기장에 썼다가 지운 문장이었다.

인간 정신의 혼란스러움이 측정 행위에 영향을 끼치는가.

번쩍 눈을 뜬 그녀는 손바닥을 펼쳤다. 몸을 숙여 땅바닥에서부터 한 뼘 한 뼘 보호각의 높이를 재기 시작했다. 태초에는 도구보다 몸이 먼저였으리라. 사람에 따라 너무 달라서 통일할 수 없는

기준. 큐빗. 척. 그녀는 먼 과거의 단위들을 생각했다. 현재는 각기 다른 단위가 되었으나 시초에는 지금 자신처럼 몸을 기준으로 삼았을 것이었다.

우리는 역사를 통해 이집트의 1큐빗도 동양의 1척도 조금씩 길어졌음을 확인할 수 있다. 그것이 권력의 속성이었다. 척도를 규정하는 사람은 지배자였다. 지배자들은 끊임없이 권력의 강화를 원했고 그럴수록 자의 길이는 길어졌다. 늘어난 자의 길이만큼 세금의 양이 늘어난 것은 어쩌면 결과에 지나지 않았으리라고 그녀는 생각했다. 그러므로 표준에 대한 열망이 시민혁명 이후에야 비로소 싹튼 것도 이해할 수 있었다.

보호각은 그녀의 키가 닿지 않는 높이까지 서 있었다. 한껏 뒤꿈치를 들어보았지만 손을 뻗기가 어려워 뼘의 길이가 짧아졌다. 뼘은 사람마다 다를 뿐만 아니라 같은 사람이라도 상황에 따라 그 길이가 달라진다. 들쭉날쭉한 척도는 표준으로 삼을 수 없다. 그러나 인류는 그러한 척도를 바탕으로 몇천 년, 어쩌면 역사 이전부터 몇만 년을 이어왔다. 그 불확실성에는 어떠한 종류의 신비함과 숭고함이 깃들어 있었다. 생명의 소중함은 각자의 그런 고유한 불확실성에서 나오는 것이었다.

그곳에 공포는 존재하지 않았다. 그녀는 언어로 표현해낼 수 없는, 축적되어 단단해진 시간을 보았다. 그것은 중학생 시절 그녀가 박물관에서 본 원혼들의 정체였다. 그들은 정말로 그녀에게 원한을 쏟아냈던 것일까. 어쩌면 그녀에게 측정의 신비에 관해 끊임없이 속삭였던 것은 아니었을까.

그녀는 이번에는 바닥에 엎드려 원기둥 모양인 보호각의 둘레를 쟀다. 정밀하지 않은 시작점, 정밀하지 않은 자. 처음 쟀을 때는 예순여덟 뼘 반. 다음에는 예순아홉 뼘. 다음에는 예순여덟 뼘. 아무런 권위도 가질 수 없는 형편없는 척도, 인간. 그것을 그대로 품었다.

눈물을 흘리면서 그녀는 흙투성이가 된 손으로 재고 또 쟀다. 캠퍼스에 어스름이 깔리고, 말라붙은 눈물로 얼굴이 버석버석해질 때까지 멈추지 않았다. 눈물이 흐를수록 호흡이 가빠질수록 그녀는 자신이 무언가에 가까워지고 있다고 느꼈다. 그러나 그것이 무엇인지는 결코 알 수 없으리라고 생각했다.

차갑게 곱은 손가락이 펴지지 않게 되었을 때 그녀는 팽교수에게 전화를 걸었다.

"어때, 뭔가 좀 알게 됐어?"

"아니요, 교수님. 뭐가 뭔지 하나도 모르겠어요."

"그렇지. 신성함이란 원래 다 그렇게 무서운 거야."

팽교수는 자신의 칼럼에서 당시의 상황을 아래와 같이 서술했다.

틈바구니를 비집고 안으로 들어가지 않으면 안 된다. 그것은 비이성이란 파도 속에 이성을 한 방울 떨어뜨리는 일과도, 또 그 반대의 일과도 비슷하다. 우리는 점을 찍는 사람이다. 그 점은 스스로 결정해서 스스로 찍어야 한다. 아무런 점이 찍혀 있지 않은 허공은 미지이므로 공포이다. 그러나 허공에 점을 찍는 일 자체도 공포이다. 그 공포를 극복하고 제대로 점을 찍지 못하면 측정도 인생도 제대로 굴러가지 않는다. 나는 나의 제자가 인생을 제대로 굴릴 줄 아는 사람이 되었으면 했다.

팽교수는 그녀와 염박사의 이혼 소식을 한참 뒤에야 알았다고 한다.

수준원점을 보고 돌아온 저녁, 울고 있는 그녀를 보고 걱정하는 염박사에게 그녀는 처음으로 이혼 이야기를 꺼냈다. 불확정의 세계에 불확정한 상태로 남겨두는 것이야말로 어쩌면 가장 중요한 것일 수 있음을 이제 알게 되었다고 했다. 그녀는 중요한 것을 직접 맞이하러 가야겠다고도 말했다. 불확실함을 마주하기 위한 그 길을 염박사가 함께 떠나주지 않으리라는 걸 그녀는 알았다. 신비를 직접 만지며 탐구하는 연구자가 있으면 방정식으로 신비를 풀어내는 연구도 있는 법이라고, 우위를 비교할 수 없이 양쪽 모두 필요한 방식이라고, 그러니 이제 혼자서 떠나겠다고 그녀는 말했다. 그 말에 염박사는 응원하겠다고만 대답했다.

그날 일기의 마지막 문장은 아래와 같다.

계속 측정해야 한다. 오차를 줄이기 위해서는. 또 오차를 그대로 받아들이기 위해서는. 마치 서로 다른 나라의 사람들이 서로의 언어를 배우듯이.

내가 한때 산에 오르던 시절, 이따금 등반이라는 행위의 무용함을 강력히 피력하는 사람들을 만나기도 했다. 그들에게 등반이란 인간이 지닌 저열한 정복욕의 발현에 지나지 않았다. 세상의 많은 일이 결과로 드러나지만 과정이 없는 결과는 존재할 수 없다. 등반도 마찬가지다. 높은 봉우리에 오르기까지 우리는 평지에서의 여름에 대비하고 꼭대기에서의 겨울에 대비해야 한다. 동료를 모으고 후원자를 찾고 길을 닦고 수많은 바람과 구름과 안개에 맞서 싸우고 골짜기마다 도사린 죽음을 건너야 한다. 그렇게 꼭대기에 도착해 그들이 말하는 정복을 했다 하더라도 여정은 끝나지 않는다. 산에 오를 때보다 내려가는 길에 더 많은 사고가 기다리고 있다. 색안경 앞에서 나는 이러한 과정을 일일이 설명하려고 하지 않았다. 등반과 나 자신, 심지어 세상을 등진 동료를 향한 비아냥거림을 감수하고 입을 닫았다. 그것이 그들을 나의 세상에서 배제함으로써 나 자신의 순수성을 지키는 방식이었다.

무언가에 깊이 몰두한 인간만이 경험하는 외로움에 대해 입을 여는 것은, 지뢰밭임을 알면서도 무사히 지나갈 수 있으리라 여기며 그곳으로 걸어들어가는 것과 마찬가지다. 무언가를 모르는 사람에게 그가 모르는 무언가에 대해 설명하고 이해시키는 것은 불가능에 가깝다. 자신이 하는 일이 필연적으로 외로움을 동반한다는 사실을 깨달은 사람은 어느 순간부터 사람과의 관계를 포기하고 더욱 깊은 내면으로 들어가기 마련이다. 그러다 누군가는 가끔 한계에 도달하기도 한다. 이윽고 그는 심연에 가라앉는다. 어떤 이는 그곳을 절망이라 부르겠지만, 나는 가본 적 없는 그곳이 무한히 평화로우리라 상상한다.

다음달 그녀와 염박사는 협의 이혼했다.

금요숲에게는 언어적 재능 말고도 놀라운 재능이 있었다. 커피믹스를 넣어 한 줄로 늘어놓은 종이컵에 정확히 같은 높이로 순식간에 물을 따르는 재능이었다. 함께 활동하는 동료들은 금요숲의 이런 재능에 대해 이미 알고 있는지 대수로워하지 않았다. 나는 신기해서 자꾸만 새 커피믹스를 뜯다가 금요숲에게 한소리를 들었다.

　"아이참 관장님, 지금 아무도 안 지나가잖아요. 미리 물을 부어놓으면 커피가 식는다고요."

　"신기하니까 그렇죠. 어떻게 물을 똑같은 높이로 따를 수가 있지?"

"봉지도 뜯어두지 마세요. 눅눅해지면 잘 안 녹는단 말이에요."

"저도 도전해보려고요. 커피믹스라면 나도 한 경력 한다고요. 산 위에서 얼마나 마셨는지 압니까? 질 수 없지."

"물이 떨어지면 시민분들이 오셨을 때 커피를 못 드리잖아요. 안 돼요."

나는 금요숲을 만나면 미얀마의 SI 단위계 도입과 그로 인한 국가적 이익에 관해, 만달레이에서 실종된 그녀와 만달레이가 고향인 로힝야 출신 하이마에 관해, 무엇보다 금요숲의 진실과 거짓에 관해 물을 요량이었다. 그동안 내가 알아온 금요숲이라는 사람이 대체 어떤 인물인지 알아내야 했다.

그러나 막상 금요숲과 마주한 나는 그런 생각들은 까맣게 잊어버리고 있었다.

"요숲이, 한국 온 지 얼마나 됐지? 우리나라 국적 얻을 생각은 없어?"

"네?"

옆에 있던 동료가 심상하게 던진 말에 금요숲이 놀란 얼굴을 했다. 그리고 천천히 표정이 가라앉았다.

"아뇨, 없어요."

"없어?"

"네, 없어요. 싫어요."

말을 건넨 동료도 금요숲도 더이상 아무 말이 없었다. 미얀마의 민주적이고 평화로운 선거를 기원하며 연 행사에서 꺼내기에 적절하지 않은 말이었을 수도 있다. 하지만 나 역시 궁금함이 앞섰다.

"왜요? 한국이 더 살기 좋지 않아요?"

"네, 살기 좋죠. 그치만 전 돌아갈 거예요."

"여기 친구가 많은데도?"

"네, 여기 친구가 많아도요."

어색한 정적만이 흐르던 그때, 정장 차림의 남자 대여섯 명이 다가와 대화는 그대로 마무리되었다. 그중에 익숙한 얼굴이 보였다. 유난히 하얀 피부의 국정원 팀장이었다.

박물관장을 맡으면서 가장 많이 받은 오해는 그녀와 내가 오랜 기간 잘 알고 지냈으리라는 것이다. 삼 년이 짧은 시간은 아닐 것이다. 하지만 우리는 후원자와 피후원자 사이였을 뿐 그 이상의 무언가는 없었다.

　그녀와 처음 만났던 날, 나는 후원에 대한 확답을 듣지는 못했지만 우리의 인연이 계속되리라고 직감했다. 첫인상만으로도 그녀가 마음먹은 일을 쉽게 포기할 사람처럼 보이지 않았기 때문이었다. 그것과 별개로 나는 오랫동안 그녀를 이해하지 못했다. 그러다 생각이 바뀐 것은 에베레스트 정상에 오른 순간이었다. 꼭대기에 서자 왜인지 그녀를 이해할 수 있을 것 같은 기분이 들었다.

관장직을 맡고 그녀의 일기를 읽고 난 후 그녀는 내 인생에서 빼놓을 수 없는 사람이 되었다. 직감이 맞은 셈이었다.

그녀의 특별한 열정이 특별한 매력을 만들어내는 것은 사실이다. 그러나 손에 닿는 인간으로서 매력을 느낀다기보다는 신이 정제하고 정제한 듯한 순수한 열정을 숭앙하게 되는 것에 가깝다. 더구나 내가 그녀를 알게 된 것은 그녀의 이혼 소식이 한창 매스컴에 보도되고 있던 때였다. 우리가 사적으로 더 친해지지 못한 데에는 아마 그 이유가 가장 컸으리라고 생각한다.

오래지 않아 그녀는 우리 팀의 스폰서가 되어주기로 결정했다. 그 대신 조건이 있었다. 그것을 위해 나는 그녀에게 드론을 이용해 해발고도를 재는 방법을 배웠다. 에베레스트 정상에서 측정 기기가 정상 작동할지 알 수 없었기 때문에 다양한 기기를 활용할 필요가 있었다.

그사이 에베레스트에는 새로운 이슈가 생겼다.

흔히 알려진 에베레스트의 높이 8,848미터는 직접 측정해 얻은 값이 아니다. 인도에서 삼각측량법을 이용해 '구해진' 값이다. 1954년에 구한 이 결과를 네팔 정부는 오랫동안 공식 높이로 인정해왔었다. 이후 중국 정부가 구성한 팀이 직접 측정에 나서서

8,844.43미터라는 새로운 수치를 내놓았다. 꼭대기에 쌓인 눈의 높이를 제외한 해발고도였다.

꼭대기에 쌓인 눈은 에베레스트의 일부인가? 아무리 오랜 기간 쌓였다 하더라도 다른 물질과 결합하여 암석을 이루지 않은 이상 눈을 산의 일부로 보기는 어려우리라. 그러나 실제로 등반할 때 눈이 쌓인 높이를 제외한 '순수한 산의 높이'까지만 오르는 일이란 불가능하다. 눈에 발을 디디지 않으면 세계 최정상을 정복할 수 없다. 등반을 준비하면서 나는 눈의 높이를 고민하지 않을 수 없었다.

각각 다른 높이를 주장하던 중국과 네팔 정부가 합의에 도달한 것은 그녀가 우리 팀에 대한 지원을 확정한 이후인 2020년의 일이다. 에베레스트의 공식 높이는 눈의 높이를 포함하여 8,848.86미터로 조정되었다. 이전에 이용했던 삼각측량은 물론 위성 내비게이션 등 최신 기술을 활용해 측정한 결과였다.

두 국가가 세계 최고봉의 높이에 합의했다는 소식에 나는 실망했다. 그녀가 우리의 후원 요청을 수락하면서 내건 조건은 그녀가 제작한 GPS기를 사용해 에베레스트의 해발고도를 측정하는 것이었기 때문이다. 해발고도가 확정되었으니 그녀가 후원을 취소할 가능성도 있었다.

그녀에 대해 잘 몰랐던 나는 그녀가 언제 마음을 바꿀지 몰라

전전긍긍했다. 미팅 날 그녀의 표정을 살피기만 하다가 결국 직접 묻기로 했다.

"우리 팀이 새롭게 측정하는 게 의미가 있습니까?"

"무슨 뜻인가요?"

그녀는 진지하게 내 질문의 의미를 물었다.

"네팔 정부와 중국 정부가 에베레스트 높이에 합의하지 않았습니까."

"그게 우리의 측정에 장애가 되나요?"

"장애가 된다는 게 아니라…… 의미가 있나 싶어서요."

이해하지 못하겠다는 듯한 그녀의 표정에 내가 그렇게까지 멍청한 질문을 했는지 잠시 심각하게 고민해야 했다. 그녀 역시 뭔가를 고심하는 얼굴이었다.

"합의를 했는지 안 했는지는 상관없어요. 측정이란 불가능한 줄 알면서도 그물을 펼쳐 강물을 퍼올리려는 행동에 지나지 않으니까요. 그러니까 매 순간 다를 수밖에 없어요."

"측정이 불가능하다고요?"

"아주 짧은 한 순간의 진리가 될 수는 있겠죠. 하지만 그마저 나만의 진리일 뿐, 누구에게나 통하는 영원불변한 진리는 아니에요. 신이 와서 측정한다고 해도 마찬가지일 걸요?"

"무슨 말씀인지…… 저한테는 어려운데요."

"일단 올라가서 측정하면 금방 이해할 수 있을 거예요."

"제가요?"

"누구든지요."

　새로운 에베레스트 높이가 발표된 후 우리는 더 자주 만났다. 그녀가 설명해주긴 했지만, 세계에서 통용되는 높이가 결정된 마당에 또다시 높이를 측정하는 게 무슨 의미가 있는지 내가 납득하지 못했기 때문이다. 그런 나에게 그녀는 새로운 제안을 했다. 세계의 최고봉을 정복하는 게 아니라 각 나라의 최고봉을 정복하며 해발고도를 재측정하는 프로젝트를 하자는 것이었다. 백두산의 높이를 재보고 싶다던 그녀의 바람은 이 때문일 가능성도 있었다.

　그녀가 후원을 취소할지도 모른다는 문제 외에도 당시 내가 불안해했던 까닭이 하나 더 있다. 에베레스트 등반팀을 꾸리는 동안 니르말 닙스 푸르자라는 걸출한 등반가가 최단기간 히말라야 14좌 등반 기록을 세웠기 때문이었다. 물론 그의 등반 스타일은 나와 크게 달랐다. 나는 무산소 등반을 고집했던 반면 그는 유산소 등반을 했다. 서로 다르니 비교할 필요도 없고 비교해서는 안 된다고 스스로를 타이르기도 했지만 별수없이 위축되는 것이 사실이었다. 변명을 해보자면, 그때의 나는 인생에 대한 조급증을 아직 던져버리지 못한 풋내기였다. 완성되었기에 성인成人이라고 하는 것이 아니라 이제부터 완성되어가라는 의미에서 그렇게 불러주는 것이라는 사실도 모른 채 어른임을 뽐내려고만 들었다.

풀이 죽은 내게 그녀는 히말라야 정복만이 전부는 아닐 수 있다며 미얀마의 이야기를 들려주었다. 미얀마의 최고봉이 어디인지를 두고 이견이 있다는 이야기였다. 오랜 세월 동남아시아의 가장 높은 봉우리는 미얀마에 있는 카까보라지산으로 알려졌지만, 2013년 그 근처에 있는 감랑라지산이 더 높다는 측정 결과가 나왔다. 하지만 감랑라지산에 오르기 위해서는 정글을 거쳐야 하는 데다 유명한 산과는 달리 등산로가 개척되어 있지도 않아서 측량 결과가 공식적으로 인정받지 못하고 있다고 했다. 그녀는 당분간 논쟁이 이어질 거라고 덧붙였는데, 그때로부터 십 년이 넘은 지금도 논쟁은 끝나지 않았다.

그녀의 이야기를 들으며 나는 끓어오르는 모험가의 피를 느꼈었다. 정말 그랬다.

"익숙한 얼굴이 보여서 지나칠 수가 없었네요, 관장님."

금요숲이 팀장을 비롯한 국정원 직원들에게 커피 한 잔씩을 건 넸다. 나도 커피 한 잔을 들고 팀장과 함께 조용한 곳에 자리잡았 다. 세종문화회관이 바로 올려다보이는 곳이었다.

"회사에 계실 시간 아닌가요? 광화문에서 뵐 줄은 몰랐네요."

"서울시와 협력하는 임무가 있어서요. 일 끝나고 다 같이 청계 천이라도 좀 걸으려고 가던 중이었습니다."

팀장은 커피를 마시지 않고 종이컵을 빙글빙글 돌리기만 했다. 그 모습이 어딘가 어색하게 느껴졌다.

"이상하네요. 국정원 분들은 거짓말을 잘하실 줄 알았는데."

"하하하, 목숨을 걸고 산을 타셨던 분이라 그런지 촉이 정말 좋으시네요."

"일기 말고 더 필요하게 있어서 찾아오신 건가요?"

"아니요, 실은 일기 요청을 철회하겠다는 이야기를 드리러 왔습니다."

"국익을 위한 프로젝트에 꼭 필요한 것 아니었나요?"

"이미 높으신 분들끼리 협의가 끝나서 말이죠. 돌아가신 분 일기장이 있고 없고가 이제 와서 뭐 중요하겠어요."

"……일기는 혹시 핑계였던 겁니까?"

"걱정 마세요. 저희 나쁜 음모나 꾸미고 그러는 사람들 아닙니다. 열심히 취직해서 열심히 일하는 직장인이라고요."

팀장이 웃더니 커피를 한 모금에 삼켰다. 그가 얼굴을 찌푸렸다.

"사실 단거 싫어합니다. 이건 속으셨죠?"

원래 자리로 돌아왔을 때, 금요숲은 보이지 않았다. 한참을 기다렸지만 해가 지도록 금요숲은 돌아오지 않았다. 동료들이 금요숲에게 전화를 거는 동안, 나는 지갑 속 명함을 찾아 국정원 팀장에게 연락해보았다. 그러나 없는 번호라는 안내 멘트만 들을 수 있었다.

그날 저녁 집으로 돌아오는 길은 유난히 힘들었다. 왼쪽 무릎 아래가 끊임없이 속삭여댔기 때문이었다.

미얀마와 그녀의 인연은 금요숲 덕분에 시작됐다. 그녀에게 미얀마의 독자적인 도량형 단위계를 알려준 사람도 금요숲이다. 그녀는 황금 비율의 햄버거 맛 프로젝트를 진행하는 동안 가능하면 미얀마 현지에 방문하고 싶어했으나 그 희망사항은 이루어지지 않았다. 훗날 그녀가 홀로 미얀마로 향한 것도 아마 이 단위계의 실상을 조사하고 싶은 마음에서였을 것이다. 물론 잠깐의 휴식을 인생 최초의 친구인 금요숲 곁에서 보내고 싶었던 것일 수도 있다.

다음은 버거킹과 일하던 시절 그녀가 금요숲의 도움을 받아 정리해둔 미얀마 단위계의 일부이다.

단위(발음, 뜻)	SI 환산		우리나라
ဆံချည် (산치, 머리카락)	79.375μm		호毫, 모毛
နှမ်း (난, 참깨)	0.79375mm		리釐
မုယော (무예, 보리쌀)	4.7625mm		분分
လက်သစ် (화)	228.6mm	비슷?	자, 척尺
တောင် (타웅, 산)	457.2mm		
လံ (란, 깃발, 밧줄)	1.8288m		길
တာ (타, 제방)	3.2004m		장丈

당연히 나는 그녀와 만나기 전에는 SI 단위계나 미얀마 단위계 등에 관해 잘 몰랐다. 이미 확정된 것을 다시 측정하는 게 의미가 있느냐는 내 물음에 진리가 어떻다느니 하며 어려운 말을 늘어놓는 그녀가 이해되지 않았다. 그러나 그녀의 설명은 재미있었다. 최강대국인 미국의 기준이 세계 표준이 아니라는 점도 궁금증을 유발했다. 그녀는 SI 단위계에는 학자들의 고개를 끄덕이게 만드는 논리적 아름다움이 있다고 말했다.

"저도 처음에는 그 정합성에 매료되었어요. 1밀리미터의 열 배는 1센티미터가, 그 열 배는 1데시미터가 되고 또 그 열 배는 1미터가 되고요. 정말 아름답죠."

측량에 관해 이야기할 때 그녀의 목소리는 언제나 꿈에 취한 듯 들떠 있었다.

"도량형 사이의 조화도 완벽하죠. 1기압 아래에서 가로, 세로, 높이 각 10센티미터의 정육면체 그릇에 섭씨 4도의 물을 채우면 무게는 1킬로그램이 되고 부피는 1리터가 되거든요. 하지만……"

팽교수가 비판한 그대로, 정확성을 추구하면서 단위 사이의 조화는 사라졌다. 온도, 압력 등의 변수를 통제하다보니 질량은 질량대로, 길이는 길이대로, 부피는 부피대로 각자의 길을 걷게 되었다.

"꼭 길이와 무게를 따로따로 떼어놓을 수 있는 부품처럼 생각하고 있는 게 아닌가 하는 의심이 들어요. 이제 무게는 플랑크상수라는 것을 이용해 정의하게 되었어요. 변하지 않는다는 점에서 납득이 가는 판단이기는 하지만 그 대신 어떤 아름다움이 영영 사라졌어요."

"아름답다면, 측정 단위가 정확하지 않아도 괜찮은가요?"

"피라미드 같은 아름다운 건축물도 인간의 신체로 측정해서 건설되었는걸요? 그리고, 아름다움이 정확성보다 더 오래 남을 것 같지 않나요? 에베레스트 꼭대기에 올라가 해발고도를 측정하고 내려왔다고 생각해봐요. 무엇이 가슴속에 남을까요? 그때의 감정? 풍경? 아니면 측량한 숫자?"

그녀는 이것이야말로 은퇴한 팽교수가 남긴 선물이라고 말했다. 당시의 나는 당연히도 그녀의 말을 이해하지 못했다. 심지어 팽교수가 이상한 노인이라고까지 생각했다.

에베레스트 꼭대기에 올라가 그 높이를 측정한 다음, 목숨을 부지하여 내려와 십 년을 보낸 지금의 생각은 물론 다르다.

금요숲과는 더이상 연락이 닿지 않았다. 전화를 걸면 매번 꺼져 있었고 한 달 후에는 없는 번호라는 안내 멘트가 흘러나왔다.

상심해 있던 내게 부관장이 놀라운 소식을 전해왔다. 인스타그 램에서 '십 년 전 오늘의 나'라는 콘셉트로 프로모션을 진행해 수 상작을 뽑았는데, 그중에 십 년 전 미얀마에서 찍은 사진이 있었 다. 여덟 명의 여성이 경찰 제복을 입고 군사정권에 대한 저항을 상징하는 '세 손가락 경례'를 한 채 찍은 사진이었다. 이들은 노천 카페로 보이는 곳에서 이 사진을 찍었는데, 놀랍게도 사진 구석 테이블에 그녀가 앉아 있었다. 작게 찍혀 있었으나 그녀의 손에 들린 하얀 막대와 회색 기기는 알아볼 수 있었다. 분명히 애플펜슬과 아이패드였다.

그녀가 사라지기 전 갖고 있던 건 아이패드 미니 1 모델이었다. 이 제품은 애플펜슬과 호환되지 않는다. 모두가 중요하게 생각하지 않았지만, 그녀와 함께 사라진 것은 일기장뿐이 아니었다. 그녀의 아이패드도 끝내 발견되지 않았다.

하지만 아이패드를 논외로 한 데에는 이유가 있었다. 그녀는 첨단 측정 장비를 제외하면 스마트 기기를 즐겨 다루지 않았다. 염 박사나 금요숲 등 많은 지인이 한결같이 증언하는 사실이었다. 대학원 수업 때 쓰려고 아이패드를 구입했지만 실제로 사용하는 일은 거의 없었다고 했다. 자연히 아이패드에 그녀에 관한 의미 있는 정보가 담겨 있을 가능성은 거의 없다고 여겨져왔다. 사진 속 그녀의 모습이 발견되기 전까지는.

증거라고는 흐릿한 사진 한 장뿐이지만, 짐작건대 그녀는 미얀마로 가기 전 아이패드 미니를 처분하고 애플펜슬을 사용할 수 있는 최신 아이패드를 구입했으리라. 그녀의 모든 생각과 일과는 그 아이패드에 고스란히 기록되었을 것이다.

일기장은 애초에 존재하지 않았다. 새로 산 아이패드가 바로 미얀마에서 그녀가 썼던 일기장이었다.

금요숲과 연락이 닿은 것은 그로부터 석 달 후였다.

안녕하세요, 관장님. 금요숲입니다.

갑자기 사라져서 놀라셨죠. 인사도 못 드려서 죄송합니다.

저는 지금 미얀마에 와 있습니다. 여전히 쿠데타와 군사정권의 그늘이 남아 있지만 국회의원 총선거에서도 대통령선거에서도 모두 민주정권이 승리했어요. 아직까지 새로운 쿠데타의 조짐은 없이 평화롭습니다.

저는 버마족 양부모님의 손에서 자랐지만, 로힝야족 출신입니다. 그러나 저는 로힝야에게 배신자이자 배교자예요. 저는 미얀마에서도 방글라데시에서도, 다른 소수민족들 사이에서도, 심지어 불교 사원에서도 마음 편히 있을 수가 없습니다. 이슬람교도를 보면 멀리 피해 다른 길로 가요. 한국에서는 그런 것과 관계없이 다들 잘 대해주셔서 좋았습니다. 박사학위를 마치지 못해 아쉽네요.

정부는 국호를 미얀마에서 버마로 다시 바꾸겠다는 논의를 하고 있습니다. 다양한 주장들이 있고 뭐가 맞는지는 모르겠지만, 저는 일단 거기에 반대하는 입장이에요. 미얀마에는 버마족만 있는 것이 아니잖아요. 카렌족도 있고 샨족도 있죠. 그리고 누구에게나 미움받는 로힝야족도 있어요. 로힝야는 법적으로 아이를 한 명밖에 낳지 못해요. 그렇게 미움받고 있지만 그래도 이곳에서 살아갑니다. 여기서 태어나 자랐기 때문이에요.

저는 얼마 되지 않는, 미얀마어를 능숙하게 쓸 수 있는 로힝야입니다. 많은 로힝야들이 자신의 언어와 아랍어를 고집하고 있기도 하지만, 애초에 다른 미얀마 사람들은 로힝야에게 미얀마어를 가르치려고 하지 않죠.

비밀을 지켜주신 관장님을 위해 아무에게도 하지 않은 이야기를 해드릴게요. 금요숲이라는 이름은 그녀가 직접 지어주었습니다. 버마는 태어난 요일을 참고해서 아이에게 이름을 붙여주는 경우가 많아요. 저는 금요일에 태어났기 때문에 양부모님은 제게 금요일을 상징하는 이름을 지어주셨죠. 양부모님과 만난 날 역시 우연찮게도 금요일이었고요. 제 이름의 기원을 이야기해주자 그녀는 즉석에서 금요숲이라는 이름을 지어줬습니다. 원래의 뜻을 살리면서 또 한국 이름으로도 괜찮은 듯하다고요.

『로빈슨 크루소』에도 금요일이라는 이름을 가진 인물이 나온다는 걸 아시나요? 금요숲이라는 이름을 들은 제가 그 소설에 관해 설명하자, 그녀는 다른 이름을 지어주겠다고 했어요. 처음에 저는 그녀의 뜻을 알아채지 못하고 그저 바꾸기 없다며 금요숲이라는 이름을 고집했지요. 그녀가 왜 그런 반응을 보였는지는 나중에야 이해하게 되었습니다. 그녀는 제가 앞으로 겪을지도 모를 어떤 시선에 대해 미리 걱정했던 거겠죠.

하지만 저는 괜찮았어요. 한국에서 지내는 내내 제 이름이 좋았어요. 앞으로도 이 이름으로 살아갈 생각입니다. 이제부터 금요일은 굴종의 상징이 아니라 싸우는 이름으로 남게 될 거예요. 저는 이곳에서 할일이 있다고 느낍니다. 그녀가 준 이름을 가지고요.

관장님께도 할일이 생기면 좋겠어요. 예를 들면, 카까보라지와 감랑라지 중 어느 쪽이 더 높은지를 알아내는 일 같은. 그러면 다시 만날 수도 있겠지요?

여러모로 감사했습니다. 저를 좋아해주신 것도요. 그럼 안녕.

금요숲 드림

추신. 저에게는 유령 친구가 있습니다. 그가 누군지 곧 알게 될 거예요. 그때는 관장님 뜻에 따라 결정하시면 됩니다.

금요숲의 편지가 도착한 다음날, 일본으로부터 국제 택배를 받았다. 아주 평범한 아이패드와 애플펜슬이었다. 비밀번호는 걸려 있지 않았다.

택배를 보내온 주소지를 보고 나는 금요숲이 언젠가 나에게 일본 이야기를 한 적이 있다는 것을 기억해냈다. 아니, 어쩌면 꿈속에서였는지도 모르겠다.

"……서울에, 한국에 계속 남아 있을 생각은 정말 없어요?"

"돌아가야죠."

"위험하잖아요."

"위험하니까요."

"무섭지 않아요?"

"무서우니까요."

그때, 금요숲을 두 번 다시 보지 못하리라는 예감이 들었다. 아니, 예감이라기보다는 기시감이었다. 그녀와 금요숲은 어쩌면 아주 다른 사람이 아니라, 너무 닮은 사람일지도 모르겠다는 생각이 들었다. 그건 무척 슬픈 생각이었다.

"관장님, 카까보라지와 감랑라지 이야기를 아시죠?"

"네, 그녀에게서 들은 적이 있어요."

"우리가 측정하려는 어떤 것이든 측정할 때마다 다르게 측정된다는 것도 아시죠?"

"당연하죠. 그것 때문에 제가 에베레스트에 갈 수 있었는데요."

나는 일부러 천천히 걷기 시작했다. 금요숲 역시 내 속도에 맞춰주었다.

"잴 때마다 다르다면 카까보라지와 감랑라지의 높이도 그렇겠죠? 그러면 둘 중 어느 쪽이 더 높은지 결정할 수 없을지도 몰라요."

"왜 그런가요? 혹시 미얀마도 화산활동이 활발합니까?"

엉뚱한 내 말에 금요숲이 해사하게 웃었다. 나는 오래도록 이 순간을 잊지 않아야겠다고 마음먹었다.

"그런 게 아니라, 음, 이런 때 한국에서는 귀신이 곡할 노릇이라고 하지 않나요?"

"네? 귀신이요?"

"그녀가 가르쳐준 말이에요. 유령 이야기를 하면서. 뭔가를 측정할 때는 반드시 오차가 생긴다고요. 모든 측정은 결국 유령이 장난을 치는 거라고도 했어요."

금요숲이 이어서 말했다.

"유령은 어디에나 있어요. 만달레이에는 저를 기다리는 유령들이 많아요. 유령은 또 아무데나 갈 수도 있어요. 어쩌면…… 일본에도 갈 수 있겠죠?"

나는 아이패드를 봉인하기로 했다. 국정원에 의하면 엄청난 부를 가져다줄 정보가 들어 있고 염박사에 따르면 금요숲이 그녀를 해했다는 증거가 될 수도 있는 물건이었다.

나는 부관장을 찾아가 아이패드를 건네며, 언젠가 공개할 수 있을 때까지 그녀의 마지막 물건으로서 잘 보관해달라고 부탁했다. 부관장은 언제나처럼 이유를 묻지 않고 고개를 끄덕였다.

이제 내가 만난 유령에 대해서도 이야기할 차례가 된 듯하다.

금요숲이 사라지고 그녀의 일기를 찾은 것과 무관하게 나는 관장 업무를 놓을 수 없었다. 우리 박물관은 '한국의 측정 기구 특별전'을 열기로 되어 있었다. 전시품 중에는 측우기처럼 유명한 유물도 있지만 내게는 유척이 가장 중요하게 여겨졌다. 그녀가 어린 시절 보았다던 그 유령들을 보고 싶었기 때문이었다. 말도 안 된다고 생각하면서도 막상 유척을 앞에 두었을 때는 무언가 보이지 않을까 기대하게 되었다. 물론 그런 일은 일어나지 않았다.

그러나 관람객을 맞기 전 전시 상태를 최종 점검하면서 나는 이미 내가 그녀와 같은 것을 본 적이 있음을 깨달았다. 유척을 비추는 어둠 속 한줄기 빛. 나는 그 빛을 다름 아닌 에베레스트에서 보았었다.

사고 당시를 떠올리는 것만으로도 아직까지 온몸에 식은땀이 난다. 추락하는 동안 이상하게도 빠르게 지나가는 풍경들이 사진을 넘겨보듯 선명하게 눈에 들어왔던 기억이 난다. 그리고 나는 목소리를 들었다. 다른 이들은 고산병, 나는 악령의 속삭임이라고 부르던 그 목소리였다. 전과는 달리 셀 수 없이 많은 악령들이 말을 걸어오고 있었다. 더이상 속삭임이라고 부를 수 없을 그 소리들이 골짜기를 가득 메웠다. 나는 그들이 무슨 말을 하는지 알아듣지 못했다. 다만 그 악령들이 나처럼 그곳에서 사고를 당한 등반가들이라는 것만은 직감으로 알 수 있었다. 나는 그들의 목소리가 마치 저주 같다고 생각하며 서서히 정신을 잃었다. 정신을 차리려 애썼지만 아주 희미한 빛을 품은 어둠만이 차오를 뿐이었다.

전시된 유척을 보는 순간 나는 확신할 수 있었다. 그날 에베레스트에서 들은 목소리 중에는 분명히 그녀의 목소리도 섞여 있었다. 그녀는 정신을 잃은 나를 보며 무슨 말을 건넸을까. 정신을 차리고 일어서라고 했을까. 아니면 그녀답게 측정한 수치부터 알려달라고 했을까.

나는 어린 시절의 그녀처럼 유척을 향해 손을 뻗어보았다. 잠시 그 상태로 에베레스트에서 들었던 목소리를 떠올려보았다. 여전히 이해할 수 없었지만, 그러나 그들은 더이상 내게 악령이 아니었다. 나를 향한 저주를 퍼붓고 있는 것도 아니었다. 다만 최선을 다해 손을 내밀려는 의지만이 그곳에 있었다. 그뿐이었다.

나는 대단한 사람인지도 모른다.

나는 에베레스트 등정에 성공한 사람이다. 또 그녀가 원하던 대로 한 발씩 산에 올라 해발고도를 측정하는 것에도 성공했다. GPS 방식을 이용해 내가 오른 위치를 측정했으므로 그건 꼭대기에 쌓인 눈까지 포함하는 높이였다.

나의 실패는 다리를 잃은 것이 아니다. 결국 그녀에게 최종 보고를 마치지 못했다는, 그 하나다.

미얀마로 떠나기 위해 인천공항으로 향하는 그녀에게 나는 물었다. 우리의 마지막 만남이었다.

"왜 완벽한 측정을 믿지 않으세요?"

"그런 건 없으니까요. 시간이 흐르면 자도 변하고 수준원점도 달라지고 기껏 잰 산의 높이도 변하잖아요. 아니, 그냥 내가 존재하는 그 자체로 중력장이 바뀌고 온도도 달라지죠. 길이도 무게도 부피도 모두 존재하는 그 자체로 계속 바뀌어요. 완벽한 측정이라는 것만큼 공허한 개념이 또 있을까요?"

"그럼 왜 재는 겁니까."

"무서우니까요. 잘 모르는 채 그냥 두는 것은 버리는 것과 같으니까. '너를 알고 싶어.' 손을 내미는 방법을 전 그것밖에 몰라요."

"완벽하지 않아도요?"

"제가 산을 재는 순간 어쩌면 산도 저를 잴 거예요. 그렇게 같이 재다보면 완벽하지는 않더라도…… 음, 등반은 다른가요?"

가끔 텅 빈 왼쪽 무릎 아래를 들여다보며 그녀와의 마지막 대화를 떠올리곤 한다. 그러면 어느 순간 환상통이 내게 말을 걸어온다. 그녀는 내가 닿지 못한 무언가에 닿아 있다. 온몸의 세포에 정신을 집중해 유령의 이야기를 들어본다.

나는 산에서 죽고 싶었다. 그럴 수만 있다면 요절하는 것 따위는 비극이 아니라고, 오히려 기쁨일 것이라고 생각했다.

내가 관장직을 수락했던 것은 등반을 그만두겠다는 선언이기도 했다. 의족을 사용하더라도 불편한 다리로 높은 봉우리에 오르는 것은 나뿐 아니라 동료까지 사선으로 이끄는 일이 될 수 있기 때문이었다. 이제 와 생각해보면 그것이 정말로 그들을 위한 선택이었는지 알 수 없다. 모든 등반을 거절하고 연락마저 끊은 뒤 산을 등진 것이 옳은 선택이었을까. 그녀처럼 나는 산에게 손을 내민 적이 있었던가. 그저 알량한 정복욕으로 산에 오른 건 아니었던가. 이제 마음을 비우고 다만 살기 위해 산에 오른다면, 그렇게 한다면 산은 내게 다시 정상을 허락해줄까.

그러니까, 카까보라지와 감랑라지 중에서 어느 쪽이 더 높은지 내가 결국 알게 될까.

가끔 그녀가 완전함도 불완전함도 없는 그녀만의 세상으로 떠났다고 상상해보기도 한다. 누군가는 그녀를 욕보인다고 할지도 모르는 이런 생각이, 나에게는 그저 최선을 다해 그녀를 기억하는 방식처럼 느껴진다. 이런 생각을 말하는 것이 전과는 달리 두렵지 않다. 이제는 왠지 다른 사람이 뭐라 하든 내 이야기를 분명히 전할 수 있을 것만 같다. 그러므로 나는 그녀에게 전하지 못했던 수치를 뒤늦게 보고하려 한다.

내가 세계 최고봉인 에베레스트에 올랐을 때, 나는 양곤 앞바다를 기준으로 4,840.496386952172란₥의 높이에 있었다. 내 발로 올라서서, 내 두 눈으로 직접 확인한, 소중하면서 의미 없는, 그 순간에만 유효한 수치다. 지금도 세상 모든 바다는 한순간도 멈출 줄 모르고 파랑을 만들어내며 끊임없이 제 높낮이를 바꾸고 있기 때문이다.

* 본문에 나온 미얀마 단위계 도표는 https://en.wikipedia.org/wiki/Myanmar_units_of_measurement에서 일부를 발췌한 뒤 필요한 내용을 덧붙여 가공했음을 밝힌다.

좋은 운의 연속이었습니다. 나쁜 일이 없었다는 말은 아닙니다. 어떠한 우연들이 쌓여 좋은 결과로 이어졌기 때문에 돌이켜보면 운마저 나를 따랐다고 비로소 평가할 수 있게 되었는지 모르겠습니다. 그렇습니다. 분명 그쪽이 옳습니다.

결과나 과정이란 알량하기 짝이 없습니다. 저의 경우는 그랬습니다. 결과에 따라서, 저라는 인간은 과정을 제멋대로 변형시키기도 합니다. 이렇게 되려고 그랬던 거였어. 합리화라고도 부를 수 있을까요. 다시 생각해보니 알량한 것은 결과나 과정이 아니라 저 자신이네요. 그런데, 신기합니다. 합리화 내지는 변질에도 어떠한 성장 또는 성숙이 있음을 알게 되었습니다. 초심을 잃었기에 영영 잃어버린 것도 있지만 초심을 잃었기에 얻을 수 있었던 것도 있습니다. 알량하고 하찮고 오만하며, 그렇기에 제게 매우 소중한 무언가입니다.

스스로 에너지와 열정이 넘치는 사람이라고 여긴 적도 있었습니다. 그런 눈속임이 통하던 때도 있었습니다. 지금 생각해보니 얼마나 거대한 이상을 품고 자신마저 속이고 있었는지 까마득합니다. 오히려 저는 반대 유형의 인간이었습니다. 그래도 알게 되었으니 이제부터는 할 수 있는 일만을 정확히 해내고 싶다고 다짐해봅니다. 스스로에게 실망하기도 지쳤으니까요. 이것 역시도 이룰 수 없는 이상이며 저를 향한 거짓말 같아서 두렵습니다. 왜 그럴까요. 아무도 저에게 무언가를 해내라고 시키지 않는데 말입니다.

글을 쓰면서 많은 가르침을 받았습니다. 알면서 실천하지 않으면 참된 앎이 아니라고 했습니다. 그러므로 저는 아무것도 모르면서, 그러면서도 계속 쓰겠습니다. 비겁하고 게을러서 미안합니다. 제가 할 수 있는 일은 이것밖에 없습니다.

비극입니다. 쓰는 일은 점점 어려워지기만 하니까요. 무슨 억지인가요. 다른 이로부터 쓰라고 부추김을 받은 적도 없는데요. 모쪼록 세상이 저의 비극을 우습게 여기고 비웃어주면 좋겠습니다. 아예 눈감아주면 더 좋겠습니다. 지금 하는 말이 거짓인지 허세인지 진실인지 저도 헷갈립니다. 앞으로도 그렇겠지요. 부디 이것마저 쓸 수 있었으면 합니다.

　심사위원분들, 큰 상 주셔서 감사합니다. 늪에 빠져 있던 저를 구해주셨다는 걸 아실까요. 읽어주시고 응원해주신 모든 분께 감사드립니다. 드디어 계속 쓸 결심이 섰습니다. 그리고 지면으로 만나뵐 독자분들께, 감사의 마음 미리 전하고 싶습니다.

우린 서로 침범해야 할 필요가 있는 것 같아요.

젊은 평론가의 한잔 더 하자는 제안에 공짜로 얻어먹을 용기를 그렇게 표현하긴 했는데…… 부국장님은 그 자리에 없었는데…… 당선자 인터뷰를 해달라는 전화를 준 것은 아마 내가 심사위원 중 제일 막내고? 등단의 기억이 생생하고? 시간이 많기 때문인 듯했다(그리고 2022년의 목표로 일기장에 "예스맨이 되자 희주 파이팅"이라고 적었던 나로서는 그러겠다고 할 수밖에 없었다). 그러니까 왜 하필 히키코모리인 내게……라고 생각해봐야 쓸모없다. 겨드랑이에서 식은땀을 줄줄 흘리며 당선자와의 만남을 준비했다.

왜 싫겠는가. 작가를 만나는 건 두근대는 일이다. 무엇보다 편집자님으로부터 수상 연락을 드렸더니 우시더라, 라는 말을 전해 듣고 무척 기뻐. 그날 일기에 '젊은 소설가의 눈물. 그것이 오늘 내게 일어난 가장 좋은 일이다'라고 적었다. 물어보고 싶은 것도 많았다. 그런데 그것들이 하필 의미 없는, 상금으로 뭐할 거예요? 같은 하찮은 질문이라서(그래도 궁금해할 저 같은 사람을 위해 적자면, 비비안 웨스트우드의 신발을 살 생각이라는 답이 돌아왔습니다. 저는 그 신발을 보러 연말 시상식에 갈 생각입니다) 인터뷰 질문지를 썼다가 지웠다. 뭔가, 진짜를 적고 싶었다. 될 수 있으면 한 걸음 더 들어가고 싶었다. 그런데 그걸 어떻게 하지? 내장 뒤집어 까기, '무서워서, 무서우니까' 재보기, 무단으로 선을 넘기, 침범하기, 말을 실천으로 옮기기 등등의 방법론을 궁리하다가……

토요일이 되었다. 약속 장소인 박물관 입구에서 만난 그는 트렌치코트에 베레모를 쓴 멋진 차림이었다. 모자 아래 플래티넘 블론드의 염색모가 보였다. 그에게 고개 숙여 인사하는데 머리가 팽팽 돌아갔다. 다음에 어쩌지? 다짜고짜 안을까?(미국식) 등을 맞대고 일어서보자고 제안할까?(하마구치 류스케식) 고민했지만, 에반게리온식으로 축하합니다(박수 짝짝…… 적막……)만 해버린 채……

뻣뻣한 긴장감 속에 전시실로 들어갔다. 사람이 없었고 산수강산에 학이 노니는 3D 영상을 곁눈질로 흘끔대며 그의 자기소개를 간략히 들었다. 이름은 양지예. 대전에 살며 동국대 법학과를 졸업했다. 과에선 '잡서'라고 불리는 문학을, 그중에서도 영미문학을, 특히 포스터와 포크너를 좋아했지만 서른이 되기 전까지 쓰겠다는 생각은 못했다. 네이버 웹소설란이 생긴 것을 보고 나도 쓸 수 있겠는데? 싶어 처음으로 소설을 써서 인터넷에 올렸다가 합평 제의를 받았다. 그뒤 대전에서 서울로 다니면서 글쓰기 수업을 들었다. 당연히 고향이 대전이겠거니 했는데 연고도, 아는 사람도 없다고 했다. 왜 하필 그곳이냐는 물음에 그는 아는 사람이 없어서 좋다며, 대전의 명물로 적막을 꼽았다. 이방인 같은 느낌을 주는 적막.

그것이 때때로 우리 사이에 끼어들었다. 그가 가장 말이 빠르고 많아지는 순간은 불안을 고백할 때였다. 당선작 『1미터는 없어』는 내고 난 뒤 이제 고쳐야겠다, 생각했던 작품이라고 했다. 그런데, 운이 좋았죠. 문예창작에 대해 전문적으로 배우지 않았기에 늘 염려가 많았다. 단편소설로 작년에 등단한 뒤로는 오히려 합평을 더 제대로 받지 못한다든지, 문우들에게 기대지 못한 부분도 있다고 했다. 그는 몇 번이고 같은 말을 반복했다. 공부가 부족해요. 그렇지만 당선작은 스스로도 마음에 드는 작품이라고 했다. 쓸 때부터 어쩐지 소중히 여기게 될 것 같은 마음이 들었다고. 그 말에 고개를 끄덕이며, 불안한 거, 떨리는 거, 그런데 사람들에게 보라고 불쑥 던지고 싶어지는 것이 첫 책이 아닐까 하는 생각을 했다. 때마침 한글로 된 사주책이 전시되어 있어 올해 운세가 어떠셨나요, 물으니 올해는 아직 안 봤지만 등단을 한 작년에는 장원급제를 할 운세였다는 엄청난 답이 돌아왔다. 그러면 올해는 얼마나 좋은 거지? 상금이 무척 크니 재물운이 눈이 번쩍 뜨이게 좋으려나? 그런 얘기를 하며 우리는 박물관을 나와 버스를 타고 용산으로 향했다.

네이버가 추천해준 식당은 브레이크 타임이었다. 주말의 '용리단길'에는 젊은이가 많았다. 우리는 늘어선 줄 앞에서 헤매다 손님이 없는 파스타집에 갔다. 마스크를 벗고 얼굴을 보니 박물관에서의 대화가 짧지 않았음에도 새삼 그를 다시 만난 기분이었다. 인간 대 인간으로 다시 한번 부딪치자! 마음먹은 나는 조심스럽게 입을 뗐다. 혹시…… 미소년 좋아하세요?

뭔 개소리냐 싶겠지만 이것은 전혀 뜬금없는 질문이 아니다. 실은 나는 만나기 전부터 그에게 어느 정도 호감이 있었는데, 그의 카카오톡 프로필 사진이 이쿠하라 구니히코의 애니메이션 〈돌아가는 펭귄드럼〉에 나오는 펭귄이었기 때문이다(정말 좋은 작품입니다). 게다가 총 쉰아홉 장인 배경 사진의 태반은 젊은 시절 데이면 알반의 사진이었고, 젊은 브렛 앤더슨과 젊은 하이도와 장국영도 있고, 히데의 옐로 하트, 그리고 구스모토 마키가 그린, 인면조가 반라의 잠든 소년 위로 입을 맞추듯 고개를 내밀고 있는 일러스트도 있었다. 그래서 왠지…… 그가 좋은 사람일 것 같았다. 록 좋아하는 사람들은 순하고 착하지 않나? 미소년 좋아하는 사람치고 나쁜 사람 없지 않나……?(미친 사람은 많음)

순하고 착한 양지예 소설가는 당연히 미소년을 좋아했고(싫어하는 사람도 있나요? 그가 말했다), 우리는 잠시 만화 이야기를 했다. 그는 조선 오타쿠들의 빛과 소금이신 고 김대중 대통령이 일본 문화를 개방한 시기에 학창시절을 보냈고, 그때 호환, 마마, 전쟁보다 무서운 불법 복제 비디오를 접한 죄로 지금은 전국을 돌아다니며 저작권 교육을 하고 있었다(업을 씻는 거죠, 라고 그가 말했다). 이쯤 되자 제일 좋아하는 만화는 뭔지 궁금해져서 물으니, 자신은 좀 센 걸 좋아한다며…… 망설이듯 꺼낸 제목이 유키 가오리의 『천사금렵구』였다(나는 같은 작가의 '백작 카인' 시리즈를 무척 좋아했다. 카인이 나의 중학 시절 남자친구였다). 그는 『나의 지구를 지켜줘』와 『3월의 라이온』도 좋아한다고 했다. 내가 『3월의 라이온』은 보지 않았다고 하니 그가 꼭 보라며 강력 추천했다.

주인공은 고등학생인데요, 조연으로 나오는 서른이 넘은 장기

기사가 뭔가, 인상적이었달까. 수재인데 한끗이 부족해서 최고는 되지 못하는 그런 캐릭터거든요.

등단을 하긴 했지만 청탁이 많이 들어오는 건 아니었다. 역으로 불안에 억눌려 읽거나 보는 데 어려움을 겪었다(말만 그렇지 양지예 소설가는 등단 후 두 군데에 단편소설을 발표했고, 지금도 세이브 원고가 있다고 했다. 출판 관계자 여러분의 많은 관심 부탁합니다). 소설상 수상 소식을 듣고서야 마음이 편해져 단편소설을 좀 읽기 시작했고, 그전엔 물리학 책이나 인문학 책을 많이 읽었다. 최근 재미있게 읽은 것은 『떨림과 울림』이라는 물리학 책으로, 혹시 SF도 좋아하시냐고 물으니 당연하다고, 나중에 꼭 써보고 싶다는 말과 함께 젤라즈니와 테드 창의 이름을 얘기했다. 요즘은 언어에도 관심이 생겨서요. 사투리에도 관심이 생기고. 실은 이미 그런 내용의 단편을 썼는데 어딘가 미진한 기분이 들어 재구성할까 고민중이에요. 언어란 것에도 일종의 표준이 있는데, 그의 눈에 들어온 것은 거기서 벗어난 것들이었다.

결국은 『1미터는 없어』의 테마와 연결되는 이야기로, 되짚어보면 그의 등단작 「나에게」 역시 교사인 '나'와 적록색맹을 가진 학생의 이야기였다. 그는 포섭되지 않는 것, 표준에서 벗어난 것에 관심을 갖고 있다며 한병철의 『타자의 추방』을 언급했다.

오히려 글로벌화가 세상을 좁게 만드는 측면이 있는 것 같아요.

사람들이 자기한테 맞는 것만 보고, 맞는 사람들만 만나게 되었달까요. 저의 화두 중의 하나가 다른 사람을 어떻게 맞이할 것인가, 거든요. 서로 마주했을 때 영향을 주고받으며 변화하는 관계가 가장 좋다고 생각해요. 전혀 변화하지 않거나 한쪽만 일방적으로 변하는 관계보다는. 막연하게 긍정적으로 생각하는 듯도 싶지만 그럼 어떻게든 되지 않을까요? 큰 화두라서 더 깊게 생각하고 싶어요.

나는 내가 소설에서 좋았던 부분을 얘기했다. 마지막 부분, 이미 세계적으로 합의된 히말라야의 높이가 있음에도 히말라야의 높이를 측정해달라며 원정대에 후원금을 내는 것을 무르지 않은 그녀에게 대장인 '나'가 묻는다. 뻔히 답이 나온데다, 재봤자 찰나의 사실이 될 뿐 영원한 진리가 될 수 없는 측정을 왜 하냐고. 그러자 그녀가 답한다. 무서워서, 무서워서 잰다고.

소설을 빌려 물었다.

뭐가 무서워요? 그러자 그가 말을 멈췄다. 곤란하다는 듯 웃는 얼굴이 일그러진 듯 보였다. 울렁이는 눈 코 입. 잠시 침묵했다가…… 그는 그날의 대답 중 가장 공을 들여서, 천천히 입을 열었다. 선을 넘는 게, 어떤 선을 넘는 게 무서워요. 넘으면 내가 아니게 되니까, 아니, 나름의 나일 수는 있지만…… 근데 소설을 쓸 때는 넘어야 하니까, 끝을 넘는 사람에 대한 동경이 있고요.

그래서 그는 관음하는 눈으로, 선을 넘어간 '그녀'라는 존재를 그렸다고 했다. 동경하니까. 끝을 본 사람은 뭔가의 아름다움을 보게 된다는 내용의 소설을 쓸 수밖에 없었다고 했다.

그는 끝에 근접했지만 차마 그걸 넘지 못한 개인적인 순간을 이야기하며 덧붙였다. 저는 자기혐오가 심한 사람인데, 소설은 자기를 보지 않으면 못 쓰잖아요. 그런 사람이 유일하게 할 수 있는 게 소설이라는 아이러니가 있어요.

내가 만나본 그는 하고 싶은 얘기가 분명했고, 정직하기 위해 애쓰는 사람이었다. 소설을 쓸 때도 삶을 살 때도, 모르는 건 모른다고 솔직하게 말하고 싶은 사람, 과장도 겸양도 없이 있는 그대로 자신을 보이려고 노력하는 사람이었다(그렇지 않으면 내게 그렇게 개인적인 순간을 보여주었을 리가 없다). 또한 그는 하고 싶은 이야기가 분명한 사람이었다. 바들바들 떨면서 하고야 마는 사람이었다. 그런 그가 두려움을 극복하는 건 가능한 일 아닐까 싶었다. 고소공포증이 있으면서 짐이 많은 나를 위해 루프톱까지 두 개의 일렁이는 커피잔과 케이크 한 조각이 담긴 쟁반을 나른 것처럼.

나는 우리의 만남을 그의 소설처럼 표현하고 싶었다. 그러니까, 어떤 숫자들―그날 우리가 만난 장소의 위도와 경도는 얼마인지,

시간은 몇시인지, 최고 심박수와 최저 심박수는 얼마인지, 몇 걸음을 걸었는지, 먹은 음식의 칼로리는 얼마인지, 가격은 얼마인지—을 적고 보는 사람들로 하여금 숫자에 포섭되지 않는 맹점을 읽게 하고 싶었다. 그래서 10월 29일 오후 4시 38분에, 용산의 한 카페의 루프톱 테라스에 앉아 그에게 오늘 걸은 걸음 수를 물었다. 7259보네요. 대답을 하는 그에게 소설의 방식을 따라 쓰려고요, 라고 말하자 그가 뜬금없이 내 등뒤를 가리켰다. 저기 감나무도 있어요. 나는 뒤를 돌았다. 가지가 묵직하게 주홍색 열매가 달려 있었다. 아름다웠다.

*

인터뷰를 마치고 귀가했다. 새벽녘 휴대폰을 열었을 때 믿기지 않는 뉴스가 들려왔다. 그날 걸으며 핼러윈이구나, 오랜만에 이런 데 나오니까 기분이 좋네요, 라고 이야기했던 것이 꿈처럼 느껴졌다.

이태원 참사 희생자의 명복을 빕니다.

김건형(문학평론가)

『1미터는 없어』는 도량형과 같은 수학적 정보가 단순히 과학적 사실에 그치지 않고 인간의 인식론을 구성한다는 점을 효과적으로 설득하는 동시에 이를 헤어짐을 이해하려는 노력으로 연결함으로써 흥미로운 이야기를 만들어냈다. 국정원 요원이나 미얀마 난민과 같은 소재들이 다소 도구적으로 동원되었다가 서사적으로 완전히 해결되지 못한 채 사라진다는 아쉬움에도 불구하고, 주제의식을 향한 작가의 일관된 열정이 느껴진다는 점에서 지지를 받을 수 있었다.

김인숙(소설가)

『1미터는 없어』는 내가 가장 많이 고민했던 작품이다. 첫 페이지부터 그 흥미로움과 참신함이 압도적인바, 가슴을 두근거리며 읽었다. 읽는 재미가 있는 작품이었고, 이 이야기가 어떻게 진행될지, 어떤 결말을 갖게 될지 시종일관 궁금해하며 따라 읽었다. 단단한 문장과 에피소드의 치밀한 연결 등은 작품의 초반을 이끌어나가는 큰 장점이었고, 무엇보다도 측량에 대한 이야기는 기존 인문서들에서 익히 보았던 익숙함에도 불구하고 그걸 일상의 서사로 되살려냈다는 점에서 크게 주목하지 않을 수 없었다. 아쉬운 점이 없지 않다. 서사의 흥미로움을 살리려는 의도가 지나쳤던지 몇몇 에피소드들이 전체 내용과 다소 동떨어져 있는 것처럼 보였다. 전체 서사의 완결성 면에 있어서는 아쉬운 바가 적지 않았으나 이 작가의 문학적 세계에 대한 호기심이 그 아쉬움을 눌렀고, 마침내 당선작으로 결정되었을 때는 크게 기뻤다. 당선자에게 축하를 보낸다.

신수정(문학평론가)

『1미터는 없어』에 두드러진 독특한 서술 방식 등은 이야기뿐만 아니라 그것을 전달하는 형식이 장편소설의 중요한 구성요소 가운데 하나임을 역설한다. 서사는 중요하다. 그러나 그것은 어떻게 이야기할 것인지 고민하는 과정을 거치고 나온 것이어야 한다. 이 과정은 우리 소설의 전통과 관습을 함축하고 개진하는 쇄신의 시간이자 그것을 뒤집고 또다른 길을 제시하는 전복의 약속이기도 할 것이다.

『1미터는 없어』는 일단 할말이 분명해 보인다. 물론 2031년 근미래를 배경으로 '측정의 천재'로 불렸던 한 여성의 삶을 되돌아보며 그녀의 삶에 여전히 불가해한 요소로 남아 있는 미얀마에서의 실종 사건을 추적하는 플롯을 따르고 있는 이 소설이 직접적으로 주제를 전달하고 있는 것은 아니다. 소설은 의뭉스럽게 시침을 뚝 떼고 아무 상관 없어 보이는 도량형과 측정의 문제만 파고든다. 그러나 이 작품이 명확한 통제와 규정은 없다는 것, 이 소설의 어법을 빌려 이야기하자면 곧 '존재는 그 흔들림에 의하여 유일하다'는 사실을 끊임없이 상기시키고 있다는 점만은 확연하다. 이 우회와 지연의 말하기 방식이 존재의 우연성과 가변성을 가리키는 소설의 본원적 어법에 가장 가깝다는 것은 다시 말할 필요가 없을 듯하다. 『1미터는 없어』는 소설이 오랜 시간 탐구해온 그 진실에 가닿는 새로운 어법을 개발했다. 우리는 긴 시간 이런 소설을 기다려왔고 앞으로도 이런 소설을 꿈꿀 것이다. 수상을 축하한다.

이기호(소설가)

사실 『1미터는 없어』는 심사위원들 사이에서 호불호가 명백히 갈렸다. 한쪽에선 이 소설이 가진 선명한 주제의식과 스피디한 전개, 듣도 보도 못한 에피소드의 배치에 후한 점수를 주었고, 다른 쪽에선 그 장점들이 고스란히 단점으로 지적되기도 했다. 나는 이 작품에 대해선 대체로 침묵을 지키는 편이었는데, 양쪽 의견 모두에 수긍되는 점이 있었기 때문이다. 하지만 속내는 나 역시 반대쪽에 더 기울었던 것이 사실이다. 나는 이 작품의 화자가 너무 기계적인 내면을 가지고 있다고 생각했다. 화자가 주인공은 아니지만, 화자의 복잡한 심리에 따라서(화자는 등산을 하다가 한쪽 다리를 잃은 처지였다) 작품의 감정선이 완전히 달라질 수 있는 가능성을 지녔기 때문이다. 그 점이 아쉬워서 선뜻 동의하지 못했지만 결과적으로 나는 다른 심사위원들에게 설득당하고 말았다. 그 모든 것을 넘어서는 어떤 에너지가 이 작품에 분명 있다고 나 역시 믿기 시작한 것이다. 그것은 어떤 에너지인가? 계속 측정을 하고자 하는 의지, 그래서 잴 수 없는 것들, 마음의 오차마저 줄이려는 태도. 주인공의 그 태도가 작품을 여기까지 이끈 힘이라는 생각이 들었다. 이런저런 단점을 작품의 큰 매력이 이겨낸 것이다. 완전무결하진 않다. 하지만 매력적이다. 소설엔 그게 더 중요할 수도 있다. 그 매력 하나만 생각하면서 계속 써주길 바란다. 당선을 축하드린다.

이희주(소설가)

『1미터는 없어』는 정확한 측량을 꿈꾸던 한 천재인 '그녀'가 실종되고 십 년 뒤, 박물관 관장으로 일하는 '나'가 국정원의 연락을 계기로 그녀의 과거를 복기하는 이야기다. 어린 시절, 5센티미터의 선분을 그어야 하는 상황에서 그것이 측정 불가능하다는 데 울음을 터뜨린 적 있는 꼬마 숙녀가 훗날 두려움을 극복하기 위해 오차가 적은 측정 도구를 개발하거나 사람들이 선호하는 완벽한 햄버거를 만드는 등의 설정에 독특함이 있었다. 우리 사고思考의 많은 부분이 도량형과 관련되어 있음을 깨닫게 되었다. 특히 절대

진리란 없음을 알면서도 왜 측량을 포기하지 않느냐는 질문에 그녀가 두렵기에 그렇다고 말하는 장면에서는 고개를 끄덕였다. 세상과 유리된 채 정확한 측량을 하기 위해 몰두하던 천재의 강한 의지가 실은 사람과 세상을 향한 구애의 손길이었음이 드러나는 부분은 특유의 애틋함이 있었다. 전체적으로 철저한 자료 조사가 소설을 든든하게 뒷받침하고 있었다. 그러나 많은 부분을 도량형에 대한 인문학적 설명에 기대고 있고 그 과정에서 메시지가 다소 반복적으로, 뚜렷하게 전달되고 있지는 않은가 하는 아쉬움이 있었다. 다른 심사위원들도 언급했듯 국정원이나 미얀마의 난민을 다룬 부분이 작품에 제대로 녹아들지 않고 단지 설정으로만 존재하지 않았나 하는 의문도 있었다. 그러나 중요한 건 작가에게 투신하고자 하는 주제가 분명하고, 그걸 힘있게 밀어붙이고 있다는 점이었다. 누군가는 모두의 고른 지지를 받는 완성도 높은 작품으로 데뷔한다. 하지만 단점이 많은 작품으로 시작해 비틀비틀 걷는 중인 나는, 처음부터 내가 지지하고 싶었던 건 울퉁불퉁한 작품이었다는 것을 심사 과정에서 깨달았다. 그리하여 나는 이 매력적인 미숙함의 손을 들었다. 젊은 작가가 아닌 나 자신을 대표하여 이 작품을 뽑았다.

인아영(문학평론가)

『1미터는 없어』는 어린 시절부터 세계를 오차 없이 측정하고 싶어했던 한 여성 과학자의 이상한 마음에 관한 소설이다. 나를 구성하고 있는 이 세계는 왜 이토록 불확실한가? 이 불확실한 세계는 어떤 모양으로 생겼는가? 그리고 그 안에서 나는 어떻게 살아가야 하는가? 이러한 질문을 놓지 못한 채 끈질기게 추구했지만 어느 날 갑자기 사라진 사람에 대한 이야기라면, 그 흔적을 따라가고 싶어지지 않을 수가 없다. 그런데 소설을 읽다보면 완벽한 측정에 대한 그녀의 집착이 세계를 알고자 하는 호기심이나 자연을 통제하려는 욕망에서 비롯된 것만은 아니라는 것을 알게 된다. 그녀로 하여금 위험을 무릅쓰면서까지 측정하는 일의 아름다움에 매달리게 했던 것은 다름 아닌 두려움과 불안감이기 때문이다. 이 지극히 인간적인 감정이야말로 때때로 말도 안 되는 일을 성취해내는 인류사를 설명해주는 중요한 씨앗인지도 모른다. 완벽한 아름다움에 이르려는 인간의 추구가 실패할 수밖에 없다는 사실은 새롭지도 놀랍지도 않다. 그러나 그 매정한 사실에 번번이 상처받기를 그치고, 두려움과 불안감 속에서 스스로를 의심하면서도 미지의 공허에 뛰어들어 한번 더 손을 내밀어보는 마음은 언제나 새롭게 발명되어야 하는 것이다. 그것은 아마 모든 과학자의 마음,

그리고 소설가의 마음일 것이다. 그녀의 실종을 둘러싼 복잡한 줄기들이 결말에 이르러 결국 하나의 목소리에 닿는 순간은 특히 감동적이었다. "'너를 알고 싶어.' 손을 내미는 방법을 전 그것밖에 몰라요." 이 떨리는 목소리가 더 많은 독자들에게 닿을 수 있으면 좋겠다고 생각했다. 기쁜 마음으로 당선을 축하드린다.

정한아(소설가)

『1미터는 없어』는 개인적으로 본심에서 가장 호감을 느꼈던 작품이다. 이 작품은 '측량의 세계'를 다루고 있는데, 생소한 과학적 사실과 연계된 풍부한 읽을거리가 일단 재미있었다. 한 인간의 사적인 삶이 이에 부연되면서 철학적 질문을 던지는 부분들도 자연스러웠다. 측량의 천재라는 인물을 설정하고, 그 일대기를 재기발랄한 입담으로 펼쳐낸 것도 서사의 활력으로 작용했다. 이 소설은 '측량'을 '통제'라고 정의한다. 자와 저울은 근대화의 도구로 세계를 수치화해 효율적으로 통제한다. 제대로 측량되지 못하면 이름을 얻지 못하고 버려진다. 오차에 대한 두려움, 버려진 것들을 향한 연민으로 시작된 주인공의 측량 사업은 말 그대로 승승장구한다. 하지만 아무리 끝 간 데 없이 소수점을 늘려도 오차는 존재한다. 푸르게 빛나는 지구 역시 '썩은 감귤'의 흐물거리는 형상에 지나지 않는다. 그녀가 유령이라 호명한 불확정성, 그것은 우리의 운명이다. 그렇다면 측량을 계속해야 하는 이유는 무엇일까? 작가는 이에 대한 대답으로 무서워서, 그것밖에는 할 수 없어서, 라고 말한다. 나는 이것이 최선의 윤리적인 대답이라고 생각했다. 이 작가는 자신이 할 수 있는 이야기의 볼륨이 무엇인지를 알고 있고, 그 경영에 충실하다는 느낌이었다. 국정원 관련 에피소드는 분명 과잉된 면이 있고 정해진 노선을 따라가는 듯한 구성의 단출함이 아쉽기도 하지만 보완 가능한 단점이라는 의견이 중론이었다. 작가에게 아낌없는 축하와 격려를 보내며, 앞으로도 계속해서 '오차를 포함한 아름다운 측정'과 같은 글쓰기의 면면을 보여주기를 기대한다.

편혜영(소설가)

『1미터는 없어』는 불확실성의 아름다움을 거리낌없이 선사하는 소설이다. 정확성에 집착하는 천재인 '그녀'는 도량형과 측량이라는 확실성의 세계가 가지는 내재적 모순을 일찌감치 간파한 인물이면서 열두 자리 체중계와 납작 양상추 같은 제품을 개발하며 삶을 정확히 기표하고자 혼신의 노력을 기울여온 인물이기도 하다. 하지만 그럴수록 세계가 얼마나 불확실한지, 확실성에 대한 집착이 얼마나 무모한 것인지를 깨닫는 자이기도 하다. 매력적이고 위트 있는 장면이 많고 생동감 넘치는 인물의 매력이 빛나는 소설이었다. 아쉬움이 없는 건 아니었다. 이야기의 체적을 확장하려는 의도가 도드라져 구조가 삐걱거리고 다소 개연성에 의문이 남기도 했다. 이런 단점에도 불구하고 세계를 해석하는 작가의 관점이 시종 뚜렷하다는 것에 믿음이 갔다. 이야기는 '그녀'의 실종을 둘러싼 미스터리로 확장되면서 측량의 문제에서 불확실한 인생과 운명의 문제로 나아가고, 삶의 정확성이란 한순간의 진실에 불과하니 그때의 아름다움을 기억하는 것이 중요하다는 짐짓 뭉클한 마지막에 다다른다. 이러한 통찰 역시 새롭거나 낯선 것은 아니다. 그러나 이 작가에게는 익숙한 이야기를 낯설게 전달하려는 독특한 미감이 있고, 우리가 관념적으로 가지고 있는 생각을 이야기를 통해 겪고 인식하도록 만드는 힘이 있었다. 당선을 축하드린다.

요즘 '육교 건너기 챌린지'를 하고 있는 중입니다. 그게 뭐냐고 물으신다면, 얼마 전부터 제가 만들어서 혼자 하는 챌린지입니다. 일주일에 한 차례 이상 육교 건너기. 별것 아닌 일 같겠지만 제게는 도전입니다.

제 고소공포증은 심해졌다가 괜찮아지기를 반복합니다. 언제 증상이 나타날지 알 수 없어 솔직히 곤란하긴 하지만 최근엔 꽤 괜찮아졌습니다. 수상 효과라고 생각합니다.

상을 받고 전에 없이 많은 칭찬과 뼈아픈 조언을 들었습니다. 모두 감사한 말씀입니다. 앞으로도 쭉 마음에 새기겠습니다.

목숨을 거는 인물들을 생각했습니다. 또 목숨을 잃는 동료를 눈앞에서 지켜보아야 하는 인물들도 생각했습니다. 그런 것들이 소재에 그치고 말았다는 지적을 염두에 두고 책을 작업하며 이리저리 고쳐보았습니다. 인물들에게 어떻게 더 다가갈 수 있을지 궁리하면서요. 하지만 무언가 나아지긴 했는지 잘 모르겠습니다. 당연한 말이지만 소설에서 부족한 부분은 전부 제 탓입니다.

제게 위대함이나 숭고함에 대해 쓸 자격이 있을까요. 저는 고작 육교 하나를 건너기 위해서 결심을 해야 하는 사람인데요. 그래도 혹시 육교에서 두 주먹을 불끈 쥐고 눈동자를 불안하게 굴리며 쭈뼛쭈뼛 걷는 누군가를 마주치신다면, 용기를 낸 가련한 소설가라 여기고 응원해주셨으면 합니다.

당연히 제게는 에베레스트산은커녕 어지간한 등산조차 무리입니다. 그래도 언젠가의 초가을에 한라산에 오른 적이 있었습니다. 고지를 50미터 정도 남긴 채 포기해야 했지만요. 육교 건너기 챌린지를 완료하게 되면(제 최종 목표는 한남동에 있는 육교입니다) 저도 백록담을 볼 수 있을까요. 해발고도 1,950미터에서 세상은 과연 어떻게 느껴질까요. 그것을 알게 되는 날이 그리 먼 미래의 일이 아니었으면 좋겠습니다.

모쪼록 여러분 모두 각자의 백록담을 마주하는 날을 맞이하시기를. 읽어주셔서 고맙습니다.

2023년 3월
양지예

문학동네 장편소설
1미터는 없어
ⓒ 양지예 2023

초판 인쇄 2023년 3월 15일
초판 발행 2023년 3월 27일

지은이 양지예
책임편집 오윤 | 편집 서유선 김내리 이상술
디자인 강혜림 최미영 | 저작권 박지영 형소진 오서영
마케팅 정민호 김도윤 한민아 이민경 안남영 김수현 왕지경 황승현 김혜원
브랜딩 함유지 함근아 박민재 김희숙 고보미 정승민
제작 강신은 김동욱 임현식 | 제작처 영신사

펴낸곳 (주)문학동네 | 펴낸이 김소영
출판등록 1993년 10월 22일 제2003-000045호
주소 10881 경기도 파주시 회동길 210
전자우편 editor@munhak.com | 대표전화 031) 955-8888 | 팩스 031) 955-8855
문의전화 031) 955-2696(마케팅) 031) 955-8864(편집)
문학동네카페 http://cafe.naver.com/mhdn
인스타그램 @munhakdongne | 트위터 @munhakdongne
북클럽문학동네 http://bookclubmunhak.com

ISBN 978-89-546-9889-4 03810

www.munhak.com

제15회 **사라다 햄버튼의 겨울** 김유철
관계의 가능성이란 그 불가능성을 받아들이는 것에서부터 시작된다는, 이 역설적 진실은 소박하지만 잔잔한 울림을 남긴다.

제16회 **죽을 만큼 아프진 않아** 황현진
삶의 진창을 넘어서고자 애쓰는 한 소년의 고독한 성장기를 과장된 상처 없이, 자기 연민 없이, 신선한 리듬이 살아 있는 위트 있는 문장으로 이야기한다.

제18회 **시간 있으면 나 좀 좋아해줘** 홍희정
거침없이 살기에는 너무 거친 이 시대를 자기만의 속도로 살아가는 나이든 소년/소녀들의 자화상. 타인의 고통에 민감하게 반응하고 그것을 따스하게 감싸안는 공감력은 이 소설만의 힘이라 하기에 충분하다.

제20회 **그믐, 또는 당신이 세계를 기억하는 방식** 장강명
고작 패턴으로 존재하는 인간은 어떻게 그 밖으로 나갈 수 있을까? 이 소설은 시간을 한 방향으로, 단 한 번밖에 체험하지 못하는 인간존재의 한계를 근본적으로 성찰하고 있다.

--- **문학동네 대학소설상** 수상작

제1회 **코끼리는 안녕,** 이종산
말하지 않은 채로 무엇인가를 강조할 줄 아는 소설. 저 매력적인 대화들은 우리가 아직 잘 모르는 새로운 스타일의 이야기가 시작되고 있는 것이라는 강력한 예감을 갖게 한다.

제1회 **아프리카의 뿔** 하상훈
탁월한 이야기꾼의 자질이 고스란히 드러난 작품. 치밀하게 자료조사를 하여 소설로 빚기까지의 노고와 작가의 공력이 고스란히 느껴진다.

제2회 **브라더 케빈** 김수연
읽는 내내 능청스러운 문장에 속수무책이고, 각 장이 매듭지어질 때마다 작은 감탄이 새어나온다. 매력적인 캐릭터 구축 능력, 자기 세대의 문제를 포착하는 시선 모두 남다르다.

제3회 **초록 가죽소파 표류기** 정지향
이 시대 대학생이 할 법한 고민 대부분을 정교한 플롯과 다양한 에피소드를 통해 매우 설득력 있게 전개한다. 작가가 서사를 장악하고 있기에 가능한 작품이다.

제4회 **최선의 삶** 임솔아
강렬하고 파괴적인 사건과, 그것을 바라보는 무감한 시선이 섬뜩한 충격을 안겨주는 소설. 불합리와 모순, 그리고 분노를 느끼며 경험하는 잔인한 성장의 일면을 지독히 사실적으로 그려낸다.

제5회 **환상통** 이희주
'빠순이'의 시선에서 들려주는 아이돌 팬덤에 대한 생생한 증언과, 그 사랑의 특수성에 대한 섬세한 기록을 만날 수 있게 해준다.